KB117395

시

읽어주는

예수

시 읽어주는 예수

1판 1쇄 인쇄 2015년 1월 27일 **1판 1쇄 발행** 2015년 2월 2일

지은이 고진하
펴낸이 김강유
책임편집 이승희 **편집** 장선정 김은영 박은경
책임디자인 이경희
저작권 차진희 박은화
책임마케팅 김용환 박제연 김새로미
마케팅 박치우 김재연 백선미 고은미 이헌영
제작 김주용 박상현 이종문 **경영지원** 김혜진 송은경
제작처 코리아피앤피 금성엘엔에스 정문바인텍

발행처 도서출판 비채
주소 서울특별시 종로구 북촌로 63-3 (110-260)
등록 2005년 12월 15일 (제300-2005-212호)
주문 및 문의 전화 031)955-3200 **팩스** 031)955-3111
편집부 전화 02)3668-3292 **팩스** 02)745-4827 **전자우편** literature@gimmyoung.com
비채 카페 http://cafe.naver.com/vichebooks
트위터 @vichebook **페이스북** http://www.facebook.com/vichebook

ISBN 979-11-85014-46-3 03810 책값은 뒤표지에 있습니다.

시
읽어주는
예수

고진하 지음

비채

3부 | 바위를 꽃으로 만드는 힘

|

시인 예수

그는 모든 사람을
시인이게 하는 시인
사랑하는 자의 노래를 부르는
새벽의 사람
해 뜨는 곳에서 가장 어두운
고요한 기다림의 아들

절벽 위에 길을 내어
길을 걸으면
그는 언제나 길 위의 길
절벽의 길 끝까지 불어오는
사람의 바람

들불들이 바람에 흔들리는 것을

용서하는 들녘의 노을 끝

사람의 아름다움을 아름다워하는

아름다움의 깊이

날마다 사랑의 바닷가를 거닐며

절망의 물고기를 잡아먹는 그는

이 세상 햇빛이 굳어지기 전에

홀로 켠 인간의 등불

_정호승

시인을 일컬어 '살아 있는 목소리의 거부巨富'라고 부른 이가 있습니다. 참 중후하고 멋진 찬사입니다. 그 숱한 살아 있는 목소리의 거부들 가운데에서도 내가 떠올리는 시인은 영원한 청년시인 예수입니다. 예수의 육성이 담긴 복음서는 지금도 살아 있는 언어로 우리의 심금을 울립니다. 펄펄 뛰는 물고기처럼 생동하는 그 말씀이 곧 시입니다. 그리고 그 시는 이천 년이 지나도 변하지 않는 비단처럼 아름답고 윤택하여 우리 영혼을 감싸는 양질의 옷감이 되어줍니다. 이제 내가 예수를 '시 읽어주는' 낭송가로 모신 까닭을 짐작하시겠지요.

종교 언어의 원천을 거슬러 올라가면 푸르고 장엄한 시의 숲이 일렁입니다. 시의 나무들로 울울창창한 숲을 신神이 산

책하고 계시기 때문인지도 모릅니다. 가장 오래된 경전으로 알려진 고대인도의 〈베다〉, 히브리인들이 성전에 올라갈 때 낭송했던 〈시편〉과 같은 경전을 보면, 신에 대한 찬가는 모두 시적 운율로 이루어져 있습니다. 시의 꽃나무들이 뿜어내는 그윽한 향기를 신이 기쁘게 흠향하시기 때문일까요. 이렇게 시와 종교는 서로 떼려야 뗄 수 없는 관계입니다. 신비하고 경이롭고 모호하고 불가사의한 세계는 시적 언어가 아니면 표현할 길이 없으니까요. 이를테면 하느님, 천국, 진리, 사랑과 같은 종교적 주제들은 은유나 상징, 우화 같은 시적 언어가 아니면 표현이 불가능합니다.

예수의 가르침이 드러난 복음서를 열어봅니다. 관념화된 철학의 언어, 종교 교리의 언어로는 표현할 수 없는 종교적 세계를 열어봅니다. 체험한 자만이 알 수 있는 하느님의 사랑이나 천국을 어찌 철학의 언어, 교리의 언어로 표현할 수 있겠습니까. 고대 성인들이 경전에서 사용한 언어도 마찬가지입니다. 그들은 시의 언어(혹은 침묵)를 통해서만 하느님과 소통할 수 있었고, 하느님의 뜻을 세상에 드러낼 때도 전적으로 시의 언어에 의존했습니다.

그러나 제도화되고 교리화되는 순간 종교는 그 알찬 고갱이를 잃어버립니다. 가문 땅에 씨앗이 싹틀 수 없듯 제도와 교리로 경직된 종교의 토양에 새 생명이 꽃필 수 없습니다. 시심詩心이 메마른 종교인도 마찬가지입니다. 그들은 영원의 세계로 날아오를 수 있는 초월의 날개를 잃어버린 것과 같습니다. 윌리엄 블레이크가 '시인, 화가, 음악가, 조각가, 이중 어느 하나도 아닌 사람은 그리스도인이라 할 수 없다'고 말한 것도 이 때문입니다.

그렇습니다. 시와 예술은 숱한 고정관념과 타성, 당연의 세계를 깨뜨릴 힘을 내장하고 있습니다. 그러므로 진정한 시 정신, 예술 정신을 갈무리한 종교는 현실을 변혁할 힘을 갖습니다. 그러나 종교가 시(혹은 예술)와 멀어지면, 현실을 변혁할 힘을 잃어버리고 맙니다. 그리고 타락과 쇠퇴의 길을 걷게 됩니다. 소설가 카프카는 이렇게 말했습니다. '책은 우리 안에 얼어붙은 바다를 깨뜨리는 도끼여야 한다.' 진정한 시 정신을 갈무리한 종교는 고정관념, 타성, 당연의 얼어붙은 세상을 깨뜨리는 도끼로 기능할 수 있을 것입니다.

지금 우리 시대를, 우리의 종교를 찬찬히 들여다봅니다. 시 언어가 사라진 자리를 이성과 합리에 기반한 산문적 언어가 차지하고 있습니다. 계산과 타산에 밝은 산문적 인생들이 종교라는 울타리를 치고 그 안에서 북적댑니다. 가슴에 종교인이라는 명찰을 떡하니 달고 예수의 본질을 훼손하면서 말입니다. 황야에 핀 야생초와도 같은 예수가 그리워지는 까닭도 그래서인지 모릅니다. 예수야말로 '산문적 인생의 복판을 질러간 시의 원형'(곽노순)이니까요.

그는 모든 사람을 / 시인이게 하는 시인 / 사랑하는 자의 노래를 부르는 / 새벽의 사람 / 해 뜨는 곳에서 가장 어두운 / 고요한 기다림의 아들

정호승 시인도 시인의 원형으로 예수를 지목하고 있습니다. '모든 사람을 시인이게 하는 시인'이란 표현이 곧 그렇습니다. 물론 누군가 '최고의 시인'이란 찬사를 바친다 한들 예수는 특별히 기뻐하지 않을 것입니다. 그는 어떤 인간적 이름 속에 갇힐 수 없을 만큼 큰 존재이기 때문입니다. 그래서 그는 '시인'이란 이름 외에도 '새벽의 사람', '고요한 기다림의 아들', '길 위의 길', '아름다움의 깊이', '홀로 켠 인간의 등불' 등 온갖 아름다운 이름으로 묘사됩니다. 무엇보다도 '모든 사람을 시인이게 하는 시인'인 예수는 바로 당신이 시인이 되기를 바라고 있습니다. 물론 '명목상의 시인'이 되자는 말은 아닙니다. 고정관념과 타성에 물든 '죽은 말'을 토해내는 사람이 아니라 살아 있는 말을 토해내는 '목소리의 거부'가 되기를 바란다는 뜻입니다. 그래서 저는 침묵을 사랑하는 예수를 당신 앞에 '시 읽어주는 이'로 모십니다.

이 책에 초대한 시인들은 제가 '시 읽어주는 예수'께 공손히 여쭈어보며 모신 분들입니다. 백지 같은 마음의 여백에 하느님 모시기를 기뻐하고, 침묵과 고독을 사랑하며, 야생초

같은 예수의 창조적 젊음을 시 속에 녹여낸 분들입니다. 틀에 갇힌 기독교의 교리적 언어를 사용하는 분들이 아닙니다. 예수처럼 들에 핀 한 송이 백합의 향기로운 언어, 푸른 하늘을 나는 새들의 자유로운 언어를 더 사랑하는 분들입니다. 태초 이전의 여백을 궁금해하며, 자비의 상상력으로 하느님과 사람, 사람과 사람, 사람과 자연의 분리를 가슴 아파하며 모든 관계의 합일을 꿈꾸는 분들입니다. 시의 궁극은 합일 즉 사랑의 황홀에 있으니 말입니다.

이 책에는 마음에 큰 울림을 남기는 동서양의 시가 망라되어 있습니다. 시의 울림이야말로 마음을 여는 비밀번호라고 하던가요. 우리의 마음이 열려 풍요로운 영혼의 정원을 들여다보고 싶습니다. 영혼의 정원에서 속삭이듯 들리는 바람소리, 새소리, 물소리…… 잃어버린 낙원의 회복을 손짓하는 아름다운 시의 메아리가 들려오겠지요. 그 메아리에 귀를 쫑긋 세우노라면, 우리는 홀연 우리 자신이 그 무엇과도 비견할 수 없는 한 송이 우주의 꽃임을 깨닫게 될 것입니다. 예수가 저 척박한 유대 땅에 피어난 한 송이 우주의 꽃이었듯이.

시는 새로운 독자와의 만남으로
늘 완전해지려고 하는,
언제나 미완성의 작품이다.

시인 옥타비오 파스의 말처럼 이 미완성의 글을 독자 여러분이 완성해주기를 바랍니다. 위대한 예언자 요엘은 "늙은이들은 꿈을 꾸고, 젊은이들은 환상을 보리라"고 했습니다. 예수가 읽어주는 '시'를 읽고 꿈을 꾸고 환상을 볼 수 있다면 우리 또한 상록수처럼 늘 푸른 영혼의 젊음을 누릴 수 있으리라 믿습니다.

1부
영원한 눈물이란 없느니라

눈 오는 날의 미사

〈눈 오는 날의 미사〉_마종기

하늘에 사는 흰옷 입은 하느님과
그 아들의 순한 입김과
내게는 아직도 느껴지다 말다 하는
하느님의 혼까지 섞여서
겨울 아침 한정 없이 눈이 되어 내린다.

그 눈송이 받아 입술을 적신다.
가장 아름다운 모형의 물이
오래 비어 있던 나를 채운다.
사방을 에워싸는 하느님의 체온,
땅까지 내려오는 겸손한 무너짐,
눈 내리는 아침은 희고 따뜻하다.

아침에 눈을 뜨고 창문을 열었더니 새로운 세상이 펼쳐져 있습니다. 와, 설국雪國이네! 털장화를 꺼내어 신고 마당으로 나갔더니 쌓인 눈에 발목까지 푹푹 빠집니다. 20센티미터쯤 될까요. 밤새 그렇게 내리고도 눈은 그칠 기미가 없습니다. 더러움으로 얼룩진 대지를 백색 군단이 평정해버린 세상. 나는 괜히 눈덩이를 뭉쳐 굴리고 싶어집니다. 어린 시절, 돈을 받고 팔 것도 아니면서 구슬땀을 흘리며 뭉치고 굴려 빚던 눈사람!

그렇다고 다 큰 어른이 눈사람을 빚자니 어쩐지 쑥스러워 하늘을 향해 혀끝이나 쏙 내밀어봅니다. 빨간 혀에 닿는 눈송이의 촉감이 신선합니다. 대문을 열고 마을길로 나가니 개들과 아이들이 온통 제 세상을 만난 듯 천방지축 눈길 위를 경중경중 뛰어다닙니다. 우주가 자기들을 알아준다고 여겨 저리 신바람이 난 것일까요. 닮은 것들은 서로 알아보는 모양입니다. 천진하고 순수한 눈과 개와 아이들. 이 틈에 하느님과 시인도 끼워넣을 수 있을까요.

사물들 가운데 사람을 감동시키는 것으로 겨울날 소리 없이 내리는 눈만 한 것이 또 있을까요. 구름의 아름다움은 머물지 않는 데 있으며, 달의 아름다움은 둥글었다 이지러졌다 하는 데 있으며, 눈의 아름다움은 잘 쌓이는 데 있다고 옛사람은 말했지요. 어떤 시인은 황홀한 설경을 바라보며 '우리 서로 말을 트자'고 했는데, 눈 오는 날 미사를 드리던 마종기 시인도 하느님과 말을 트고 싶었던 것일까요. 천상에서 내리는 눈을 맞던 시인은 눈이라는 결정체로 화신化身한 하느님을 온몸으로 느낀다고 노래합니다. 그 하느님이 '흰 옷 입은' 성부와 '순한 입김'의 성자와 아직은 느껴지다 말다 하지만 '혼'으로 섞여 내리는 성령으로 모습을 드러내신다고. 요컨대 눈의 형상을 입은 삼위일체 하느님이 시인 안의 동심을 자극하며 소복소복 쌓인다고. 그렇습니다. 시인의 내면에 동심의 맥박이 콩콩 뛰지 않는다면 이처럼 딱딱한 교리의 옷을 벗어버린 하느님을 어떻게 노래할 수 있겠습니까.

옥타비오 파스는 시를 두고 '이 세계를 드러내면서 동시에 다른 세계를 드러내는' 양식이라고 했습니다. 눈 오는 날 미사를 보는 시인은 이 세계 속에서 다른 세계, 즉 '하느님의 혼'과 서늘한 교감을 나누는 풍경을 경건한 서정으로 보여줍니다. 가장 아름다운 모형의 물인 눈을 매개로 하느님의 혼과 교감하는 이 시는 정말이지 아름답습니다. 그 교감이 우리 가슴에서 상실된 존재의 원천인 하느님의 체온을 느끼도록 해주기 때문입니다.

오늘날 저마다의 삶을 깊이 들여다보면, 종교인이라는 이들조차 하느님의 체온이 느껴지지 않는 삶을 사는 경우가 많습니다. 굳이 겉으로 하느님을 부정하지 않더라도 그들의 실질적인 삶 속에 자본이 중심을 차지하고 있기 때문입니다. 물욕으로 꽉 찬 마음에 하느님이 끼어들 틈이 있겠습니까.

시인은 다릅니다. 도타운 신심 때문일까요. 아니면, 성스러움에 접속할 수 있는 민감한 감성 때문일까요. 오래 비어 있던 나를 하느님의 체온이 사방에서 둘러싼다고 노래합니다. 마종기 시인에게 하느님은 그런 분입니다. 어떤 신비가의 표현처럼 '깊이를 알 수 없는 신성의 가장 높은 부분이 겸손의 심연에 자리 잡은 가장 낮은 것에 굴복'하는 모습을 보여줍니다. 쉽게 표현하자면, 높이 계신 하느님도 참으로 겸손한 사람 앞에서는 맥을 못 추신다는 것입니다. 그래서 신학자 매튜 폭스는 겸손에 대해 '신을 빨아들이는 진공청소기'라고 은유하기도 했습니다.

이 겸손의 본보기는 하늘하늘 내리는 눈송이와도 같은 '순한 입김'을 지닌 하느님의 아들 예수입니다. '땅까지 내려오는 겸손한 무너짐'이라는 시구처럼 "나는 하늘에서 내려온 빵이니, 나를 먹으라" 하고 말씀하신 분. 세상의 어미들이 자식에게 제 몸을 내어주듯 자신의 살과 피를 아낌없이 내어주신 분. 그분을 향한 지극한 사랑을 행간에 함축한 이 시는 성스러운 사랑의 진풍경에 다름 아닙니다. '눈 오는 날의 미사'의 의미는 곧 이것이 아닐까요.

말과 숨결로 나를 방문한 온유여.
언 손을 여기 얹고 이마 내리노니
시끄러운 사람들의 도시를 지나

님이여 친구가 어깨 떨며 운다.
그 겸손하고 작은 물 내게 묻어와
떠돌던 날의 더운 몸을 씻어준다.

하루를 마감하는 내 저녁 속의 노을
가없는 온유의 강이 큰 힘이라니!
_마종기, 〈온유에 대하여〉 부분

〈온유에 대하여〉에 이르러 시인은 물처럼 부드러운 '온유'에 깃든 신성을 노래합니다. 비록 겸손하고 작은 물이지만, 그 가없는 온유는 시인에게 무엇보다 큰 힘입니다. 시인은 온유를 '강'으로 표상하고 있는데, 강은 흘러 뭇 생명을 살리는 바다가 됩니다. 무엇과도 다투지 않고 모든 생명에 이로움을 베푸는 강보다 큰 힘을 가진 존재가 어디 있겠습니까. 노을 비치는 저녁 강 같은 온유의 방문을 받는 시인에게 그 겸손하고 작은 물은 시인을 자기 존재의 원천으로 이끄는 성스러운 미사입니다.

눈 내리는 아침, 그 고요한 풍경을 바라보며 시인이 겨우 토해낸 몇 마디는 세간에서 오고 가는 말은 아닌 듯싶습니다. 희디흰 순결과 경이, 침묵과 성스러움을 무량무량 낭비하는 하늘을 보며 빈 내 가슴이 한없이 부요해짐을 느끼고, 마치 우주와 내가 한 몸인 듯 여겨지니 말입니다.

'흰 옷 입은 하느님'이 누설하는 사랑의 신비가 정말 희고 따뜻합니다.

〈님〉_김지하

가랑잎 한 잎
마루 끝에 굴러들어도
님 오신다 하소서

개미 한 마리
마루 밑에 기어와도
님 오신다 하소서

넓은 세상 드넓은 우주
사람 짐승 풀 벌레
흙 물 공기 바람 태양과 달과 별이
다 함께 지어놓은 밥

아침저녁
밥그릇 앞에
모든 님 내게 오신다 하소서

손님 오시거든
마루 끝에서 문간까지
마음에 능라 비단도
널찍이 펼치소서.

어쩌면 우리는 우주의 기쁨과 희열, 자유를 먹고 사는 것은 아닐까요. 넓은 세상 드넓은 우주, 사람과 짐승과 풀벌레, 흙과 물과 공기와 바람, 태양과 달과 별들이 함께 지어놓은 밥. 이 한 그릇 밥에는 우주만물의 공력이 알게 모르게 스며 있습니다. 우리가 떠먹는 이 한술은 자비이고 사랑이며, 나눔과 비움, 평등, 평화를 일깨워주는 마음의 밥입니다. 한 그릇 뚝딱 비우지 않으면 어떤 생명도 살 수 없기에 밥은 또한 생명입니다.

간곡히 당부하는 김지하 시인의 음성을 들어봅니다. '아침 저녁 / 밥그릇 앞에 / 모든 님 오신다 하소서' 한 그릇 밥 앞에서 깨닫는 님. 시인이 명명한 만물의 새 이름, 님! 가랑잎 한 잎, 개미 한 마리, 어두운 땅 속에서 꿈틀대는 지렁이나 미생물조차 시인은 님이라고 부릅니다. 오, 다정하기도 해라. 자비의 빛을 갈무리한 시인의 넉넉한 마음!

날개마다 파란 하늘을 머금은 고추잠자리 비행단의 호위를 받으며 논둑길을 한가로이 걸어봅니다. 따가운 가을볕이 내리쬐는 논배미엔 벼 익는 소리가 들리는 듯합니다. 서로의 몸을 기대며 황금빛으로 여무는 이삭들. 골짜기에서는 선선한 바람이 불어오고 이삭들은 여물어가는 몸이 무거운지 황금빛 머리를 찰랑찰랑 흔듭니다. 추수할 시기를 알려주는 종소리일까요. 그 속에는 파종을 돕던 따스한 봄볕이며 때때로 논배미를 적시던 빗줄기, 여름내 해충을 잡아주던 개구리와 텃새들, 철철이 논물을 대느라 부지런을 떨던 농부의 손길이 아슴아슴 깃들어 있을 것입니다. 뿐인가요. 바람이 불 때마다 헐렁헐렁한 두 팔을 흔들며 새들을 쫓아준 허수아비의 노고도 빼놓을 수 없습니다.

알뜰살뜰 여물어가는 이삭 한 알에도 우주만물의 숨결이 빼곡 스며 있으니 여문 것들은 저마다 한 그루 우주의 기쁨입니다. 봄부터 가을까지 치열하게 안으로 모아들인 것들을 아낌없이 내어주는 비움의 기쁨입니다. 탈탈탈탈. 마을 안쪽에서 먼지를 품으며 탈곡기 돌아가는 소리가 들립니다. 채움과 비움이 자유자재한 존재들이 부르는 희열의 노래입니다. 다 털리고 난 빈 볏짚들이며 빈 논배미, 빈 하늘은 허허로움이 주는 풍성한 자유로 가득합니다.

하느님 안에서는 한 송이 꽃조차 '님'이 되고 존재를 얻습니다. 그러나 오늘날 이 '님'은 님 대접은커녕 천덕꾸러기 취급을 받기가 일쑤이지요. 인간만이 우주의 중심이라는 사유 속에 인간을 제외한 생명을 수단이나 도구로 여기는 데에서 비롯된 비극입니다. '님 오신다 하소서' 하고 간절히 호소하는 시인의 목소리에서 만물 중에 높은 것 낮은 것 따로 있지 않다는 평등주의의 메시지가 느껴지지 않습니까.

비록 하찮은 벼룩일지라도,
그것이 하느님 안에 있다면 천사보다 고귀합니다.

하느님 안에서 만물은 평등하며,
만물은 하느님 자신이기도 합니다.
하느님은 만물을 사랑하시되 피조물로 여기지 않고
하느님으로 여겨 사랑하십니다.

중세의 수도자 마이스터 엑카르트는 이처럼 시적인 언어로 만물의 평등을 노래했습니다. 그의 말처럼 만물이 '하느님 자신'이라면 우리는 마땅히 하느님이 창조한 모든 피조물을 고르게 사랑해야 합니다. 꽃과 나무, 강, 바다, 공기, 하늘은 '하느님의 몸'이 아닌가요. 꽃과 나무를 함부로 꺾고 베어 쓰러뜨리고, 흐르는 강물을 더럽히고, 맑은 대기를 오염시키는 것은 우리 존재의 원천인 하느님을 핍박하는 일입니다. 지금 지구별 곳곳에 병든 하느님의 신음이 메아리치고 있지 않은가요. 결국 우리의 몸은 신음하는 하느님 몸의 일부입니다. 그 아픔의 소리에 귀 기울이고 내 몸의 아픔으로 여기며 그 아픔을 함께 나누어야 합니다. 그것이 하느님을 살리고 병든 지구를 살리고 또한 나를 살리는 길입니다. 지구생명과 나는 둘이 아닙니다. 지구생명과 나는 한 생명, 한 님입니다.

손님 오시거든 / 마루 끝에서 문간까지 / 마음에 능라 비단도 / 널찍이 펼치소서.

30

시인은 곡진한 목소리로 님 모시는 법을 알려줍니다. 그 귀한 손님 맞으려면 시인처럼 먼저 마음의 방을 비워놓고 능라 비단도 널찍이 펼쳐야겠지요. 그러면 오탁한 세월에 찌든 내 마음의 방도 언젠가는 저절로 맑아지겠지요.

쉼표를 찍으며

난 요즘 즐겨 쉼표(,)를 찍는다.
서두르지 않고 잠시 쉬어가기 위함이다.

지루했던 길 고단했던 발걸음에 쉼표를 찍고,
잠시 쉬었다 걷기로 한다.

헐떡이던 숨소리에 쉼표를 찍고,
부질없는 생각에 쉼표를 찍고,
쉬어가기로 한다.

하늘을 우러러 쉼표를 찍고,
땅을 굽어 쉼표를 찍고,
산과 들 바다를 마주하며 쉼표를 찍는다.

언젠가는 다가올 마침표(.),
그 작은 동그라미 속에 아주 들어가 갇히기 전에
느긋한 마음으로 쉼표를 찍는다.

지구의 지붕이라는 티베트에서 온 수행자들이 서울 관광을 했다고 합니다. 휘둥그레진 눈으로 며칠 동안 문명세계를 둘러본 이들은 아스팔트 위로 끝없이 질주하는 자동차를 보고 가이드에게 물었습니다. "도대체 어디로 저렇게들 달려가는 겁니까?"

《속도에서 깊이로》라는 책을 쓴 윌리엄 파워스는 이 '참을 수 없는 디지털 문명'의 한계를 날카롭게 지적한 뒤 마음의 속도를 늦추라고 권합니다. 그러면서 내적으로 행복하고 충만한 삶, '이게 바로 삶이야!' 하고 느끼게 만드는 가장 중요한 요소가 바로 '깊이'라고 갈파합니다. 하지만 어디로 달려가는지도 모르는 맹목적 속도의 위험을 알면서도 우리는 좀처럼 멈추지 못합니다. 트랙을 도는 경주마처럼 헐떡일 뿐이지요. 무엇이 그리 바쁜지, 너나없이 바쁘다는 말을 주렁주렁 매달고 사는 인생들. 들숨과 날숨 사이 우리가 알아채지 못하는 사이에도 쉼표가 찍힌다던데 이러다 삶의 깊이는커녕 숨 쉬는 것조차 까먹는 건 아닐까요. 바로 지금이 쉼표가 필요한 시점은 아닐까요. 고단한 발걸음, 헐떡이던 숨소리, 부질없는 생각 사이에 '즐겨 쉼표(,)를 찍는다' 는 시인의 고백이 마음 깊은 곳을 두드립니다.

흙이 흙으로만 가득하다면 무엇도 잉태할 수 없습니다. 적당량의 공기와 촉촉한 물기가 땅속 깊이 잠든 생명을 일깨우듯 쉼표는 삶의 고요와 평화라는 씨앗을 싹트게 하는 사랑의 여백입니다. 하늘을 나는 새들도 나무나 풀섶에 둥지를 틀고 고요한 쉼을 얻습니다. 물고기들은 으슥한 수초 속을 파고들 며 안온한 쉼을 누리고 우리도 지친 몸과 마음을 뉘일 안식 의 보금자리를 늘 갈망합니다. 하지만 이상하기도 하지요. 그토록 원해도 마음은 좀체 쉬지를 못합니다. 이토록 쉼 없 이 끄달리면서도 쉼표를 찍지 못한다면 우리 생명의 진액은 금세 고갈되고 말 것입니다. 그런 삶에서는 싱싱한 생명의 고동을 느낄 수 없겠지요. 중세의 수도자는 쉼의 의미를 이 렇게 표현했습니다.

안식보다 더 값진 것이 없으니,
그것 외에는 아무것도 구하지 말라.
하느님은 철야와 단식과 기도와 모든 형태의 고행을
거들떠보지도 않으시고,
오직 안식만을 거들떠보신다.
하느님은 우리가 고요한 마음을 바치는 것 외에는
아무것도 필요로 하지 않으신다.

만물은 안식을 주는 것에 끌린다지만, 하느님도 안식만을 거들떠보신다네요? 이 구절을 떠올릴 때마다 나는 가슴이 아립니다. 오직 하느님을 빼닮은 인간만이 안식과 고요를 누 리지 못하고, 인세人世에는 평화가 피어나지 못하기 때문입니다. 오죽하면 안식일이 생겨났을까요.

'얘들아, 좀 쉬엄쉬엄 살아라!'

안식일을 만드신 하느님의 뜻은 그런 것이 아니었을까요. 인간을 향한 따스한 배려를 담아, 일 욕심에서 좀 벗어나고, 근심에서 좀 멀어지고, 죽어서 누릴 안식을 미리 조금 맛보라는 뜻이 아니었을까요. 안식일이란 곧 쉼을 누리지 못하는 이들을 향한 하느님의 측은지심이 아니었을까요.

그러나 안식일을 만드신 숭고한 뜻이 예수 시대에 와서는 많이 훼손되었던 모양입니다. 당시 유대의 법은 안식일에 어떤 일도 할 수 없도록 하여 굶주린 사람이 있어도 적선을 베풀 수 없었고, 병들어 죽어가는 사람이 있어도 의원에게 데려갈 수 없었다고 합니다. 사람을 살리는 법이 사람을 죽이는 법으로 바뀐 것이지요. 예수는 이처럼 본질에서 멀어져버린 안식일 법을 스스로 깨뜨려버립니다. 그리고 대담한 선언을 하기에 이릅니다.

안식일이 사람을 위하여 생긴 것이지, 사람이 안식일을 위하여 생긴 것이 아니다.(마가복음 2: 27)

안식일은 시간에 난 구멍穴이라는 것. 우리네 빡빡한 삶을 좀 헐렁하게 터주는 여백이 안식일의 본질이라는 것. 인간이 만든 법으로 그 여백을 틀어막지 말라는 것. 예수는 그 신념을 지키려다 십자가를 지는 고통까지 겪었습니다. 지금 우리의 쉼표는 예수가 피와 고통으로 지켜낸 귀중한 안식입니다.

예민한 더듬이로 우주만물과 교감하는 시인도 안식의 소중함을 알았던 것일까요.

하늘을 우러러 쉼표를 찍고, / 땅을 굽어 쉼표를 찍고, / 산과 들 바다를 마주하며 쉼표를 찍는다.

땅을 굽어보고, 산과 들 바다를 마주하고, 하늘을 우러르는 것. 개여울에 긴 다리를 담그고 선 흰 두루미가 물 한 모금 마시고 하늘 한 번 쳐다보듯, 그렇게 하늘을 우러르는 몸짓이 이미 쉼표를 찍는 일 아닐까요. 숱한 세상사에 시달리다가도 푸른 하늘을 한 번 쳐다보는 것만으로 훨씬 더 여유로운 마음을 가지게 되듯, 하느님은 쉼표를 찍을 줄 아는 사람을 사랑하실 것입니다. 쉼표는 긴긴 인생 여정에서 우리 마음의 배낭을 가볍게 하는 일이며, 하늘이 주신 평화를 누리지 못하고 실낙원을 떠돌던 자가 낙원의 문을 여는 열쇠이기 때문입니다.

하지만 속도와 경쟁에 익숙해진 몸엔 평화와 안식이 영 낯설기만 합니다. 그러므로 우리는 안식을 누리는 연습을 해야 합니다. 안식이 영원한 생명의 징표라면, 그 영원한 나라에 들어가는 준비 또한 필요할 테니까요. '언젠가는 다가올 마침표, 그 작은 동그라미 속에 아주 들어가 갇히기 전에 느긋한 마음으로' 푸른 쉼표를 온전하게 가져보는 행복을 놓칠 수 없습니다.

하느님 놀다 가세요

〈하느님 놀다 가세요〉_신현정

하느님 거기서 화내며 잔뜩 부어 있지 마세요
오늘따라 뭉게구름 뭉게뭉게 피어오르고
들판은 파랑 물이 들고
염소들은 한가로이 풀을 뜯는데
정 그렇다면 하느님 이쪽으로 내려오세요
풀 뜯고 노는 염소들과 섞이세요
염소들의 살랑살랑 나부끼는 거룩한 수염이랑
살랑살랑 나부끼는 뿔이랑
옷 하얗게 입고
어쩌면 하느님 당신하고 하도 닮아서
누가 염소인지 하느님인지
그 누구도 눈치 채지 못할 거예요
놀다 가세요 뿔도 서로 부딪치세요

"왜 그리스도인들은 그렇게 무겁게 살죠? 매사에 너무 경건하고 심각하고 엄숙하고 공격적인 것 같아요……." 어쩌다 이런 질문을 받으면 나는 얼벙어리가 됩니다. 인정하고 싶지 않아도 인정하지 않을 수 없습니다. 왜 그럴까요. 본래 예수는 인간이 걸머진 삶의 무거운 멍에마저 가볍게 해주기 위해 이 세상에 왔다는데. 예수뿐 아니라 모든 종교가 추구하는 것이 삶의 무거움을 가벼움으로 바꾸는 예술인데, 왜 그럴까요.

'하느님 거기서 화내며 잔뜩 부어 있지 마세요' 나는 이 시의 첫 줄을 읽고 혼자 킥킥대며 웃었습니다. 어린아이가 제 또래에게 장난을 거는 듯한 유쾌하고 거침없는 말투 때문이었죠. 헉! 하느님이 화내고 부어 있다니! 어쩌면 시인은 하느님을 좁쌀 같은 존재로 만들어버린 인간의 왜소함에 딴지를 거는 건지도 모릅니다. 하느님을 믿는다는 이들을 만나보십시오. 마음이 좁쌀만 한 이가 믿는 하느님은 좁쌀만 하게 느껴지고, 마음이 하늘 같은 이들이 믿는 하느님은 하늘처럼 광활하게 느껴집니다.

오늘 따라 뭉게구름 뭉게뭉게 피어오르고 / 들판은 파랑 물이 들고 / 염소들은 한가로이 풀을 뜯는데 / 정 그렇다면 하느님 이쪽으로 내려오세요

계속되는 시인의 딴지. 시인은 전지전능이니 권위니 위엄
이니 하는 거추장스러움을 벗어던지고 파랑 물이 드는 들판
으로 내려와 한가로이 풀이나 뜯자고 하느님에게 말을 건넵
니다. 그 거침없음이라니! 살랑살랑 나부끼는 거룩한 수염이
랑 살랑살랑 나부끼는 뿔을 지닌 염소들이랑 섞이자니, 이
얼마나 유쾌하고 천진한 상상력입니까. 그러나 하느님을 찾
는 사람들은 대체로 자기 존재의 결핍을 호소하곤 합니다.
무얼 달라고 보채는 떼쟁이들처럼. 이런 이들이 찾는 하느님
은 자기 욕망을 투사한 '만들어진 하느님'이기 십상이지요.
하지만 시인이 하느님을 찾는 것은 그런 자기 결핍이나 욕망
을 채우려는 게 아닙니다. 시인에게 삶은 무위無爲의 놀이입
니다. 그 놀이 속에 하느님조차 끼워 넣고 싶은 것입니다.
그냥 이쪽으로 내려오시라고, 내려오셔서 한가로이 함께 놀
자고.

세상의 일들은 즐거운 숨바꼭질입니다. 저를 둘러싼 모든 것
들을 영원한 술래로 만들어보려구요.
_신현정,《바보사막》시인의 말에서

시인은 우리의 삶을 아이들의 '숨바꼭질' 같은 놀이로 여
깁니다. 그래서 틈만 나면 개구쟁이처럼 발동하는 장난기를
참지 못하고 주변의 모든 것들을 '술래'로 만들어버리지요.

염소도 술래, 하느님도 술래……. 원 세상에, 술래 아닌 것들
이 없습니다.

> 연두가 눈을 콕콕 찌르는
> 아지랑이 아롱아롱 하는 이 들판에 와서
> 무어 할 것 없나 하고 장난기가 슬그머니 발동하는 것이어서
> 옳다, 나는 누가 말목에 매어놓고 간 염소를
> 줄을 있는 대로 풀어주다가
> 아예 모가지를 벗겨주었다네
> _〈나는 염소 간 데를 모르네〉 부분

시인의 천진하고 짓궂은 모습이 눈에 선합니다. 줄에서 풀
려난 염소가 천방지축 날뛰며 달아나는 것을 보며 깔깔대는!
지금 시인이 염소랑 장난치는 들판은 하느님도 즐길 수 있는
유쾌한 공간입니다. 누가 염소인지 누가 하느님인지 눈치 채
지 못하는 공간. 알량한 분별로 조물주와 피조물의 차이를
말하지 않아도 되는 공간. 이런 공간이야말로 우리가 꿈꾸는
아름다운 세상이 아닐까요. 시인은 지배와 예속, 주인과 종
의 수직적 관계를 수평적 관계로 가뜬하게 바꿔놓습니다. 이
런 수평적 관계 속에서라야 '나부끼는 뿔도 서로 부딪치'는
놀이가 가능하지 않겠습니까. 호모 루덴스! 시인이 바라는
바람직한 인간상은 '놀이하는 인간'에 다름 아닙니다. 소설

가 파울로 코엘료도 놀이야말로 신성에 부합하는 것이라며 그의 소설 《연금술사》에서 이런 이야기를 들려줍니다.

성모 마리아께서 아기 예수를 품에 안고 어떤 수도원을 찾으셨습니다. 사제들이 길게 줄을 서서 성모에게 경배를 드렸지요. 어떤 이는 아름다운 시를 낭송했고, 어떤 이는 성서를 그림으로 옮겨 보여드렸습니다. 성인들의 이름을 외우는 사제도 있었습니다. 줄 맨 끝에 있던 사제는 볼품없는 사람이었는데, 제대로 교육도 받은 적이 없었지요. 곡마단에서 일하던 아버지로부터 공을 가지고 노는 기술을 배운 게 고작이었습니다. 다른 사제들은 수도원의 인상을 흐려놓을까 봐 그가 경배 드리는 것을 막으려 했습니다. 그러나 그는 진심으로 아기 예수와 성모께 자신의 마음을 바치고 싶어했습니다. 그는 주머니에서 오렌지 몇 개를 꺼내더니 공중에 던지며 놀기 시작했지요. 그것이 그가 보여드릴 수 있는 유일한 재주였습니다. 그 순간, 아기 예수가 처음으로 환하게 웃으며 손뼉을 치기 시작했지요. 성모께서는 그 사제에게만 아기 예수를 안아볼 수 있도록 허락하셨다고 합니다.

참된 경배란 경건하게 머리를 조아리는 것보다 놀이에 더 가까운 것 아닐까요. 놀이를 잃어버린 종교의례는 그것에 참여하는 인간을 지나친 경건과 심각함과 엄숙주의에 빠지게 합니다. 파릇파릇 움트는 영혼의 생기도 잃게 합니다. 거룩하신 이와의 생동하는 교감도 일어날 수 없게 합니다. 그래서 철학자 니체는 '춤출 줄 아는 신'만을 믿겠다고 하는지도 모릅니다. '내가 신을 믿는다면, 춤출 줄 아는 신만을 믿으리라.'《차라투스트라는 이렇게 말했다》

아이들의 놀이에 목적이 없듯 춤은 따로 목적이 없습니다. 순수한 기쁨과 희열의 소산인 춤은 그 자체가 목적일 뿐입니다. 나비의 춤, 풀꽃들의 춤은 돈으로 환산되지 않습니다. 명성이나 박수갈채를 가져다주는 것도 아닙니다. 염소들 곁에 내려와 서로의 뿔을 부딪치며 노는 하느님의 춤이 어떤 실용성을 지니는 것도 아닙니다. 그러나 춤을 통해 하늘과 땅, 조물주와 피조물이 하나로 어우러지는 순간은 얼마나 소중합니까. "무엇을 위해?" 하고 물을 필요는 없습니다. 춤과 놀이에 빠진 아이들이 그런 질문을 하지 않듯 말입니다. 그래서 나는 이제부터 지나치게 경건하고 심각하고 엄숙하고 공격적인 종교인들을 만날 때마다 장난기 어린 목소리로 이 시를 읽어주려 합니다.

'킥킥, 놀다 가세요…… 킥킥, 뿔도 서로 부딪치세요……'

나 자신의 노래

풀잎 하나가
별들의 운행에 못지않다고 나는 믿네.
개미 역시 똑같이 완전하고
모래알 하나, 굴뚝새의 알 하나도
그러하다고 나는 믿네.
청개구리는 최고의 걸작이며
땅에 뻗은 딸기 덩굴은
천국의 객실을 장식할 만하다네.
내 손의 작은 관절이라도
그것을 능가할 만한 기계는 세상에 없네.
고개를 숙인 채 풀을 뜯는 소는
어떤 조각품보다도 훌륭하다네.
그리고 한 마리 새앙쥐는
몇 억의 무신론자들을
깜짝 놀라게 하기에 충분한 기적이라네.

밤새 비가 억수로 쏟아진 다음날 아침, 문을 열고 뜰로 나갔습니다. 푸른 나무들에 둘러싸인 아침 뜰은 청신한 공기를 듬뿍 머금고 있었지요. 정원의 나무들도, 불어난 물이 콸콸콸 흘러내리는 집 옆의 개울도, 뒷산으로 오르는 한적한 오솔길도 밤새 신의 손길로 말갛게 씻겨 있었습니다. 아, 하늘은 만물을 정화하는 신의 세탁기로구나! 때때로 신의 세탁기가 돌아가지 않는다면 어떻게 만물의 더러움이 씻기고 지구별의 영혼들이 정화될 수 있겠습니까.

　　창조계는 하느님의 선善이 녹아서 된 것이라던가요. 뜰을 돌아보는 동안 그 말이 새삼 가슴에 와 닿았습니다. 고마우셔라! 지금도 창조를 멈추지 않으시는 하느님. 그분이 펼치는 창조의 수고로 파릇파릇 시간의 새순은 돋아나고 만물이 새로워지는 것이지요.

　　《정원에서 하나님을 만나다》라는 책을 쓴 비겐 구로얀은 죄로 얼룩진 이 세상에서도 '에덴의 흔적'을 찾을 수 있다며 이렇게 노래합니다.

　　　아담은 낙원을 떠나면서 낙원 한 조각을 가져갔다.
　　　인간의 영혼 속에는 그가 가져갔던
　　　낙원 한 조각이 메마른 이 세상에 대한 기억보다
　　　훨씬 더 깊이 아로새겨져 있다.
　　　진정한 정원사의 살갗을 긁어 파보라.

그러면 그대는 아담이 지녔던 낙원에 대한 기억을 발견할 수 있으리라.

시인 월트 휘트먼은 '아담이 지녔던 낙원에 대한 기억'을 가슴 깊이 아로새기고 있는 것일까요. 그렇다면 그는 진정한 정원사입니다. 작은 풀잎, 개미, 모래알 하나에서 우주를 보고, 지상의 만물 가운데 어느 하나 완전하지 않음이 없음을 노래하며, 존재하는 모든 것 앞에서 신비와 경이로움을 느끼는 정원사. 만물 속에 깃든 창조주의 숨결을 온전히 자기 속에 내면화한 정원사!

풀잎 하나가 / 별들의 운행에 못지않다고 나는 믿네. / 개미 역시 똑같이 완전하고 / 모래알 하나, 굴뚝새의 알 하나도 / 그러하다고 나는 믿네. / 청개구리는 최고의 걸작품이며 / 땅에 뻗은 딸기 덩굴은 / 천국의 객실을 장식할 만하다네.

풀잎 하나가 별들의 운행에 못지않고, 딸기 덩굴이 천국의 객실을 장식할 만하다니? 이처럼 과장법을 사용하는 우주적 상상력이야말로 시인들이 누리는 특권이겠지요. 인디언들의 상상력 또한 그에 못지않습니다. 인디언들 사이에서 전해지는 우화 한 자락 들어볼까요.

한번은 어떤 사람이 진흙덩어리에게 물었습니다.

"너는 뭐니?"

진흙덩어리가 대꾸했지요.

"나는 진흙덩어리에 불과하지만, 장미 옆에 놓여 있어서 장미
향기를 품고 있답니다."

인간 또한 꽃과 나비, 바위, 구름, 해와 달, 별들과 더불어
있기에 생명의 환희와 향기를 품을 수 있습니다. 성 프란체
스코의 말처럼 진흙덩어리임이 분명한 우리는 하느님의 찬
연한 빛을 품고 있기에 '진흙 등불'일 수 있습니다. 인간뿐만
아니라 모든 피조물이 신성을 품고 있다는 뜻 아닐까요. 프
란체스코의 이 같은 표현법이 참 좋습니다. 벼룩 같은 미물
도 창조주 하느님의 손길 안에 있고, 이름 모를 꽃 한 송이도
하느님 안에서 존재를 얻는다는 것. 우리가 모든 피조물을
골고루 사랑해야 하는 까닭입니다. 토마스 트레헌은 《명상
의 시대Centuries of Meditations》라는 책에서 이렇게 말합니다.

이 세상이 무한한 아름다움을 비추는 거울이건만,

사람은 그것을 주목해서 보지 않는다.

이 세상이 장엄한 사원寺院이건만

사람은 그것을 주목해서 보지 않는다.

트레헌의 말처럼 하느님의 창조의 신비에 눈뜬 사람에게 만물은 '무한한 아름다움'을 비춰주는 거울이고, 우리가 몸 붙여 사는 세상은 보이지 않는 하느님의 현현을 드러내는 '장엄한 사원'입니다. 하지만 오늘날 우리는 낙원의 기억을 몽땅 잃어버린 것 아닐까요. 이제 사람들은 만물에 깃든 창조의 아름다움을 회상하지 못합니다. 장엄한 사원 중의 사원인 대자연조차 소유와 욕망의 대상으로 여길 뿐. 그리하여 신성한 하느님의 정원은 무참히 짓밟히고 훼손되어버렸습니다.

그뿐인가요. 정원사를 자처하는 인간들은 하느님의 정원의 가치를 인간적 유용성으로만 가위질합니다. 그 결과 하나뿐인 지구별은 파국의 위기를 맞이하고 있지요. 어느 인디언 시인의 탄식처럼 우리는 모든 것이 지구별 위에서 사라진 뒤에야 깨닫게 될지도 모릅니다.

마지막 나무가 사라진 뒤에야
마지막 강이 더럽혀진 뒤에야
마지막 물고기가 잡힌 뒤에야
그대들은 깨닫게 될 것인가.
인간이 돈을 먹고 살 수는 없다는 것을.

그때는 너무 늦지 않겠습니까. 더 늦기 전에 우리 속에 남겨두신 '낙원 한 조각'의 기억을 회복할 순 없을까요. 풀 한 포기, 개미 한 마리를 내 형제로 보는 시력을, 청개구리 한 마리를 인간에 못잖은 창조주의 걸작으로 보는 시력을, 새앙 쥐 한 마리를 기적으로 보는 시인의 경이로운 눈을!

감사하는 마음

〈감사하는 마음〉_김현승

감사하는 마음은 언제나
은혜의 불빛 앞에 있다.

……

받았기에
누렸기에
배불렀기에
감사하지 않는다.
추방에서
맹수와의 싸움에서
낯선 광야에서도
용감한 조상들은 제단을 쌓고
첫 열매를 드리었다.

허물어진 마을에서
불 없는 방에서

빵 없는 아침에도
가난한 과부들은
남은 것을 모아 드리었다.
드리려고 드렸더니
드리기 위하여 드렸더니
더 많은 것으로 갚아주신다.

마음만을 받으시고
그 마음과 마음을 담은 그릇들은
더 많은 금은金銀의 그릇들을 보태어
우리에게 돌려보내신다.
그러한 빈 그릇들은 하늘의 곳집에는
얼마나 많은지 모른다.

감사하는 마음─그것은 곧 아는 마음이다!
내가 누구인지를 그리고
주인主人이 누구인지를 깊이 아는 마음이다.

'사랑해!'라는 말 대신에 '고마워!'라는 말을 자주 하는 편입니다. 사랑한다는 말은 왠지 낯 뜨거워서 잘 못합니다. 차라리 누군가에게 고맙다고 말하면 훈훈한 느낌이 들어 좋습니다. 내 안에 영혼의 벽난로 하나 들여놓은 듯!

매일 따뜻한 밥상을 차려주는 이, 낯선 길을 친절히 일러주는 이, 외롭고 쓸쓸할 때 곁에서 말벗이 되어주는 이, 무엇을 받을 만한 공덕을 쌓은 일도 없는데 큰 선물을 안겨주는 이들에게 고맙다고 말해봅니다. 당연한 듯 받지 않고 고마움을 표시하면 그와 나 사이에 난로를 둔 듯 기쁨의 온기가 전해집니다. 조금만 깊이 생각해보면, 우리는 나 아닌 누군가의 숨결과 땀과 눈물, 희생과 사랑으로 이루어진 존재들이 아니던가요. '언제나 은혜의 불빛 앞에 있다'는 김현승의 시구가 곧 그것이죠.

그 '은혜의 불빛'이 방랑과 정박 사이에 선 인간의 삶을 은은히 비춰줍니다. 시인은 그 불빛에 기대어 마음의 항구에 닻을 내린 채 하염없이 방랑하던 믿음의 선조들의 삶을 반추합니다. 에덴동산에서 쫓겨난 첫 사람 아담이 그러했고, 이집트 땅에서 추방된 모세와 이스라엘 백성이 그러했듯 방랑은 인간의 피치 못할 운명이었습니다.

그러나 시인은 믿음의 선조들이 방랑 속에서도 늘 '감사의 마음'을 지녔음을 기억해냅니다. 기억은 영혼의 아름다운 본성이라던가요. 시인은 믿음의 선조들이 방랑의 세월을 겪는 동안 굶주림을 비롯해 사나운 맹수들, 마음속 우상과 싸우면서도 제단을 쌓고 첫 열매를 드리었던 것을 기억해냅니다. 그리고 선지자 엘리야 시대에 살았던 한 가난한 과부 같은 이도 떠올립니다.

> 허물어진 마을에서 / 불 없는 방에서 / 빵 없는 아침에도 / 가난한 과부들은 / 남은 것을 모아 드리었다. / 드리려고 드렸더니 / 드리기 위하여 드렸더니 / 더 많은 것으로 갚아주신다.

평화롭고 안온한 삶 속에서 감사하는 것은 쉽습니다. 행운의 여신이 선물꾸러미를 한 아름 안고 찾아올 때 감사하는 것도 쉽습니다. 그러나 '허물어진 마을에서 / 불 없는 방에서 / 빵 없는 아침에' 감사하는 것은 쉽지 않겠지요. 예기치 못한 고통과 불행이 엄습할 때, 불치의 병에 걸리고 애지중지하던 소유를 잃었을 때 감사하는 것도 쉽지 않을 것입니다.

신심이 두터운 사람에게만 가능한 이러한 감사를 '그럼에도in spite of'의 감사라 불러봅니다. 그런 감사의 마음을 지녔던 성서의 인물로 이스라엘의 선지자 하박국이 있습니다.

> 무화과나무에 과일이 없고 포도나무에 열매가 없음에도
> 올리브나무에서 딸 것이 없고
> 밭에서 거두어들일 것이 없음에도

우리에 양이 없고 외양간에 소가 없음에도

나는 주 안에서 즐거워하련다.

나를 구원하신 하느님 안에서 기뻐하련다. (하박국 3: 17-18)

'······없음에도'의 감사. 이런 감사의 마음을 지닌 사람은 자신이 하느님으로부터 왔다는 것, 자신의 소유 또한 모두 하느님에게 속한 것이라는 뚜렷한 자각을 지니고 있습니다. 이런 사람에게는 '나의 것'이라 부를 만한 것이 따로 없지요. 그는 자신의 모든 소유를 빌린 것으로 여길 것입니다. 지구별에 와 잠시 머물다 떠나는 여행자이자 무소유의 바람 속을 달리는 보헤미안이 되어, 설사 자신의 이름으로 등록된 집이 있다 하더라도 잠시 머무는 여행자처럼 살아갈 것입니다. 우리의 몸과 영혼, 감각과 이성, 돈과 명예, 가족과 친구, 숱한 관계들조차 우리가 지구별 위에 살아가는 동안 잠시 빌려 쓰는 렌터카 같은 것 아니던가요. 이런 자각을 서늘하게 가슴에 새기고 있는 시인은 무르익은 과일 같은 시구를 들려줍니다.

감사하는 마음-그것은 곧 아는 마음이다! / 내가 누구인지를 그리고 / 주인이 누구인지를 깊이 아는 마음이다.

이 시에서 노래하는 '아는 마음'이란 곧 깨달음을 말합니다. 나는 피조물이며 나를 지은 조물주가 따로 계시다는 것, 나는 종에 불과하고 나를 부리는 주인이 따로 계시다는 깨달음입니다. 이런 깨달음의 눈이 열리면 희미하게 어른거리던 것들이 돋보기를 낀 것처럼 명료하게 보이기 시작합니다. 벌거숭이인 나의 모습과 벌거숭이인 나를 은총으로 감싸는 '주인'의 모습이 하나로 포개집니다. 헐벗은 마음에 무한이 포개지는 순간입니다. 자기 에고ego를 비운 유한한 존재가 무한으로 솟아오르는 비약의 순간입니다. 티끌처럼 하찮은 우리가 하느님의 걸작품으로 탄생하는 순간입니다. 바로 이런 순간이 우리를 감사의 사람으로, 희망의 사람으로 개화開花하게 해주지요.

온 세상에 불이 꺼져 캄캄할 때에도,
내가 찾는 얼굴들이 보이지 않을 때에도,
우리는 생각하는 갈대 끝으로
희망에서 불을 붙여 온다.

우리에게서 모든 것을 빼앗을 때에도
우리의 무덤마저 빼앗을 때에도
우릴 빼앗을 수 없는 우리의 희망!

우리에게 한 번 주어버린 것을

오오, 우리의 신神도 뉘우치고 있을

너와 나의 희망! 우리의 희망!

_김현승, 〈희망〉 부분

온 세상이 캄캄하고 희망이 보이지 않을 때도 희망에서 불을 붙여 오는 사람. 도무지 감사할 조건이 없음에도 감사의 마음을 일으키는 사람. 이런 이의 영혼은 곧 '축복받은 궁전'이며, '하느님의 가장 아름다운 집'(줄리앙 노르위치)입니다.

고백하건대 이 시를 읽다가 운 적이 있습니다. 도무지 내일을 가늠할 수 없고, 어디에서도 희망의 싹을 발견할 수 없던 젊은 날, '오오, 우리의 신도 뉘우치고 있을 / 너와 나의 희망!'이라는 대목에서였습니다. 지금은 다릅니다. 시인의 거룩한 긍정의 마음을 읽을 수 있으니 말입니다. 샴쌍둥이처럼 늘 함께 존재하는 감사와 희망. 그렇습니다. 나는 감사와 희망이 깜깜한 하늘에 갇히면 별이 되어 먼 언덕 위에서 빛난다는 것을 믿습니다.

상한 영혼을 위하여

〈상한 영혼을 위하여〉_고정희

상한 갈대라도 하늘 아래선
한 계절 넉넉히 흔들리거니
뿌리 깊으면야
밑둥 잘리어도 새순은 돋거니
충분히 흔들리자 상한 영혼이여
충분히 흔들리며 고통에게로 가자

뿌리 없이 흔들리는 부평초잎이라도
물 고이면 꽃은 피거니
이 세상 어디서나 개울은 흐르고
이 세상 어디서나 등불은 켜지듯
가자 고통이여 살 맞대고 가자
외롭기로 작정하면 어딘들 못 가랴
가기로 목숨 걸면 지는 해가 문제랴

고통과 설움의 땅 훨훨 지나서
뿌리 깊은 벌판에 서자

두 팔로 막아도 바람은 불듯
영원한 눈물이란 없느니라
영원한 비탄이란 없느니라

어느 해 늦가을, 나는 서울 북한산 기슭에 있는 신학대학 캠퍼스로 고정희 시인을 만나러 갔습니다. 지금은 고인이 된 시인과 나는 연배가 달랐지만 같은 신학도였지요. 산자락을 온통 울긋불긋 물들인 단풍은 캠퍼스까지 밀려 내려와 있었습니다. 우리는 노랗게 물든 은행나무 아래 앉아 시와 인생과 하느님에 대해 시간 가는 줄 모르고 이야기를 나누었습니다. 해가 저물어 헤어질 시간이 다가오자, 시인은 멀리서 찾아온 아우를 빈손으로 보낼 수 없다며 자기가 깔고 앉았던 큰 손수건에 황금빛 은행잎을 주워 차곡차곡 담기 시작했습니다. 그렇게 손수건에 꽁꽁 싼 은행잎을 내 품에 한 아름 안겨주며 말했습니다.

"아마 이런 선물은 처음일걸?"

시인의 꽃얼굴에 장난기 어린 미소가 피었습니다.

"정말 값진 선물이네요. 이걸 깔고 앉으면 황금방석에 앉는 거 맞죠?"

"어쭈, 제법인데. 머잖아 시인이 되겠는걸!"

그가 건네준 선물을 품에 안고 기숙사로 돌아오면서 나는 정말 영혼의 부자가 된 기분이었습니다. 심신이 궁핍하던 시절, 그 값없는 선물이 큰 위로가 되었던 모양입니다. 시인은 그 무렵 시대의 아픔을 부둥켜안고 사는 이들에게 위로와 용기를 주는 작품들을 많이 발표했습니다. 그중에서도 〈상한 영혼을 위하여〉라는 시는 인생의 고통을 긍정하지 못하는 이들에게 그것을 긍정하도록 하며, 궁극적 위로가 무엇인가를 깊게 생각하도록 만드는 수작이지요.

세월이 조금 흐른 뒤의 일이지만, 시인이며 목사가 된 나도 위로자의 소명을 가슴에 품고 살게 되었습니다. 내가 남에게 줄 수 있는 위로란 어쩌면 손수건에 싸서 건네는 낙엽 같은 것인지도 모릅니다. 하지만 그런 위로자의 소명이 내게는 더없이 소중합니다. 따뜻한 말 한마디를 건네고, 손을 마주잡고 하느님의 도우심을 비는 기도를 올리는 일. 미력하나마 내가 할 수 있는 일을 했을 때 절망의 나락에 주저앉은 이들이 두 다리에 힘을 얻고 일어서는 모습을 보면 내게 주어진 소명에 감사하게 됩니다.

서른 해 가까이 목사로 살아온 생을 돌이켜보면, 정성을 기울여 한 일의 많은 부분은 마음 상한 영혼들을 위로하는 일이었습니다. 곁님들이 당하는 고통과 슬픔의 공명기共鳴器가 되는 일이었습니다. 물론 말처럼 쉽지는 않았지요. 지난봄에는, 교우 중 한 분이 참척慘慽의 아픔을 겪었습니다. '참척'이란 자식이 부모보다 먼저 죽은 일을 말합니다. 나는 친구를 위로할 말을 찾지 못한 채 따님의 시신이 안치된 장례식장으로 향했습니다. 그녀는 대학원을 막 졸업한, 장래가 촉망되는 공학도였는데 장기에 퍼진 암을 이기지 못하고 일찍 세상을 떠나고 말았지요.

병원 지하의 썰렁한 장례식장에서 친구는 얼마나 울었는

지 얼굴이 퉁퉁 붓고 목도 잔뜩 쉬어 있었습니다. 나는 아무 말도 못하고 친구의 떨리는 어깨만 가만히 끌어안았습니다. 해맑은 표정으로 웃고 있는 딸의 영정 아래 앉은 엄마 역시 넋이 나간 듯 말이 없었습니다. 하느님은 왜 사랑하는 내 딸을 이리도 일찍 데려갔느냐는 흔한 푸념 한마디 없었지요. 다만 고난당한 자의 한 전형인 욥의 탄식이 서려 있을 뿐.

아, 나의 괴로움을 달아보며 내가 당한 재앙을 저울 위에 모두 올려놓을 수 있다면 바다의 모래보다도 무거울 것이라.(욥기 6: 2)

눈에 넣어도 아프지 않을 자식의 죽음 앞에서 늙은 부모는 하염없이 눈물만 쏟아낼 뿐이었습니다. 명색이 목사인 나도 그저 눈물만 섞을 수밖에 없었습니다. 서둘러 눈물을 닦아주는 것보다 눈물을 섞는 슬픔의 공명이 역설적으로 딛고 일어설 힘이 될 수 있기 때문이지요. 그럴 때 눈물은 마종기 시인이 섬세한 통찰로 묘사했듯 '영혼의 부동액'이 됩니다. 자비와 위로를 담고 있는 따뜻한 액체, 눈물. 우리의 안구 속에 은밀히 숨은 눈물샘은 혹시 '축복의 샘'이 아닐까요. 예수는 그래서 '애통하는 자에게 복이 있나니 그들이 위로를 받을 것이오'(마태 5: 4)라고 한 것일까요.

마음눈을 열어 주위를 둘러보면 함께 슬퍼하며 위로할 상한 영혼들이 가득합니다. 극빈의 고통, 실직의 불안, 전쟁의 공포, 환경 재앙, 영적 공황……. 스스로 극복하고 자기 힘으로 일어설 수 있는 사람도 있겠지만, 그럴 수 없는 사람들이 세상엔 더 많습니다. 물론, 때로는 강한 이들조차 넘어지고, 지혜로운 사람도 실족합니다. 신심信心이 두터운 사람도 절망의 벽 앞에서 희망의 끈을 탁 하고 놓아버릴 수 있습니다. 우리가 걸어가는 생의 길 위에 숱한 장애물이 도사리고 있으니까요. 세상 누구도 '나는 타인의 위로와 격려 따윈 필요치 않아!'라고 함부로 말할 수는 없습니다. 인간을 '사이間'의 존재라고 말하는 것은 우리가 서로 위로받고 위로를 베풀어야 하는 존재이기 때문 아닐까요.

하지만 사람과 사람 사이에 주고받는 위로는 불완전합니다. 내 슬픔과 괴로움을 나눌 사람이 곁에 있어도 위로받지 못할 때가 있지 않던가요. 아무도 없는 곳으로 가서 혼자 울부짖고 혼자 기도하고 싶을 때가 있지 않던가요. 그렇습니다. 우리에게는 홀로 자기 존재의 바탕인 하느님과 대면하고 싶은 갈망이 있습니다. 그런 갈망 끝에 하느님과의 웅숭깊은 대면이 이루어질 때 우리도 시인처럼 담담히 고백할 수 있을 것입니다.

고통과 설움의 땅 훨훨 지나서 / 뿌리 깊은 벌판에 서자 / 두 팔로 막아도 바람은 불듯 / 영원한 눈물이란 없느니라 / 영원한 비탄이란 없느니라 영원한 눈물도 영원한 비탄도 없다는 전언. 내게는 이 전언이 마치 하느님의 음성처럼 들립니다. 세상에 이보다 더 큰 위로가 있을까요. 이런 위로는 사람이 사람에게 베풀어줄 수 없습니다. 눈동자처럼 우리를 사랑하시는 하느님만이 베풀어주실 수 있는 것이지요. 아무도 흔들 수 없는, 하느님과의 내밀한 교감으로만 얻을 수 있는 이런 궁극의 위로야말로 곧 구원이 아닐까요.

가던 길 멈춰 서서

〈가던 길 멈춰 서서〉_윌리엄 데이비스

근심에 가득 차, 가던 길 멈춰 서서
잠시 주위를 둘러볼 틈도 없다면,
얼마나 슬픈 인생일까?

나무 아래 서 있는 양이나 젖소처럼
한가로이 오랫동안 바라볼 틈도 없다면

숲을 지날 때 다람쥐가 풀숲에
개암 감추는 것을 바라볼 틈도 없다면

햇빛 눈부신 한낮, 밤하늘처럼
별들 반짝이는 강물을 바라볼 틈도 없다면

아름다운 여인의 눈길과 발
또 그 발이 춤추는 맵시 바라볼 틈도 없다면

눈가에서 시작한 그녀의 미소가
입술로 번지는 것을 기다릴 틈도 없다면

그런 인생은 불쌍한 인생, 근심으로 가득 차
가던 길 멈춰 서서 잠시 주위를 바라볼 틈도 없다면

모처럼 마음을 내어 집에서 가까운 곳에 있는 연못을 찾았습니다. 지난해 이맘때도 이 연못을 찾았던 기억이 어렴풋합니다. 연못에는 둥근 연잎과 연잎 사이로 솟구친 꽃봉오리들이 활짝 연분홍 꽃잎을 열고 있었습니다. 거짓말 조금 보태면 온 천지가 다 환합니다. 어린 잠자리 한 마리도 사뿐 날개접고 앉아 연분홍 꽃잎을 희롱합니다. 이 꽃에 앉았다가 저꽃으로 날아가 앉고, 또 다른 꽃으로 날아갑니다. 잠시 후에는 또 자리를 떠 아직 꽃이 벌어지지 않은 꽃봉오리로 살그머니 날아가 앉습니다. 혼자 보기 아까운 풍경입니다. 한참동안 어린 잠자리의 움직임을 쫓고 있는데, 문득 어떤 음성이 나직하게 울립니다. "이 사람아, 탈진한 몸 고즈넉이 앉히고 좀 쉬게나."

그동안 내가 많이 지쳤던 것일까요. 꿈결도 아닌 생시에 환청을 듣다니! '삶은 천천히 태어나는 것'이라고 생텍쥐페리의 어린 왕자가 말했던가요. 그런데 나는 왜 그렇게 쫓기듯 살아온 걸까요. 무서운 속도에 휩쓸려 매사에 덧셈만 하며 살아온 욕심의 시간들. 거품 같은 땅의 일에 들러붙어 신이 연출하는 우주의 신비와 경이로움을 이토록 외면하고 살아도 되는 걸까요.

시간의 흐름에 몸을 맡기고 있는 한 무얼 먹고 입고 어디에서 머물까 하는 '거품 같은 땅의 일'을 벗어나기는 힘들 것입니다. 하지만 우리가 노새처럼 짐만 잔뜩 짊어진 채 잠시 주위를 돌아볼 틈도 없이 산다면 그 얼마나 가련한가요.

나무 아래 서 있는 양이나 젖소처럼 / 한가로이 오랫동안 바라
볼 틈도 없다면 // 숲을 지날 때 다람쥐가 풀숲에 / 개암 감추는
것을 바라볼 틈도 없다면 // 햇빛 눈부신 한낮, 밤하늘처럼 / 별
들 반짝이는 하늘을 바라볼 틈도 없다면 // 아름다운 여인의 눈
길과 발 / 또 그 발이 춤추는 맵시 바라볼 틈도 없다면 // 눈가에
서 시작한 그녀의 미소가 / 입술로 번지는 것을 기다릴 틈도 없
다면

이 시에서 우리의 눈길을 유독 사로잡는 말이 있습니다.
바로 '틈'입니다. 생명이 싹을 틔우는 곳도, 사랑이 자라나는
곳도 틈입니다. 감옥의 독방에 갇혀 절망한 어느 시인이 우
연히 창살 사이로 갈라진 시멘트 틈을 비집고 나온 작은 풀
꽃을 보고 살아갈 이유를 발견했다는 이야기를 읽은 적이 있
습니다. 숲의 나무들도 서로서로 틈이 있어야 공생할 수 있
다지요. 그래서 나무를 키우는 이들은 간벌間伐을 합니다. 아
닌 게 아니라 우주만물은 틈 없이 존재할 수 없습니다.

우리 삶에도 때때로 간벌이 필요하지 않을까요. 빽빽하게
우거진 나무들을 솎듯, 남과 다투며 앞서가려는 마음을 솎아
내야 하지 않을까요. 경쟁심은 나의 진면목을 들여다볼 시간
을 앗아가고, 자연스러운 본성에서 멀어지게 만듭니다. 자연

스러운 본성에서 멀어지면 사람은 여유를 잃고, 여유 없는 삶 속에서 창조의 새 일은 싹틀 수 없습니다. 대자연의 살림살이를 눈여겨보라고 예수가 눈짓하는 것도 그 때문입니다.

"새들을 보아라. 얽매일 것 없이 자유롭고, 업무에 속박되지 않으며, 하느님이 돌보시니 염려가 없다. 그분께 너희는 새들보다 훨씬 더 중요하다 …… 들꽃을 보아라. 들꽃은 절대로 치장하거나 옷을 사들이는 법이 없지만, 너희는 여태 그런 색깔이나 디자인을 본 적이 있느냐? 이 나라의 남녀 베스트드레서 열 명이라도 그 옆에 서면 초라해 보일 뿐이다."(마태 6: 26–29, 유진 피터슨 옮김)

예수의 처방이란 얼마나 단순명쾌한지요. 베스트드레서도 못 되지만, 내 모습이 이렇게 초라하게 느껴질 수가 없어 쥐구멍에라도 꽁꽁 숨고 싶습니다. 하지만 이제 내 스승께서 '보라' 하시니 그냥 보려 합니다. 새를, 들꽃을, 구름을, 하늘과 바다를, 그 넓디넓은 틈을. 세상의 모든 새로운 일은 틈에서 벌어지니까요. 새 일 중의 새 일, 누군가를 사랑하는 일도 마찬가지입니다. 사랑하되 서로 구속하지 않으려면 두 사람의 영혼 기슭 사이에 바다 물결이 출렁이게 하고, 하늘 바람이 춤출 수 있게 해야 합니다(칼릴 지브란). 연못가에 앉아 모처럼 한가로움을 누리는 사이 해는 저물어 어느덧 토끼 꼬리

만큼 서산에 걸려 일렁입니다. 해, 바람, 연꽃, 잠자리……
투명한 거울이 되어·나의 내면을 비춰준 물상들이 고맙습니
다. 그리고 침묵의 말로 탈진한 나를 다독여준 알 수 없는 목
소리 또한 고맙습니다. 그 목소리는 오늘도 내게 이렇게 말
합니다. "숱한 바깥의 일들을 핑계하며 변덕스런 마음의 부
림을 받지 말고 마음의 주인이 되어 살아라. 틈의 회복이야
말로 하느님이 선물로 준 건강한 삶을 누리는 비결이다."

그는 새보다도 적게 땅을 밟는다

날개 없이도 그는 항상 하늘에 떠 있고
새보다도 적게 땅을 밟는다.
엘리베이터에서 내려 아파트를 나설 때
잠시 땅을 밟을 기회가 있었으나
서너 걸음 밟기도 전에 자가용 문이 열리자
그는 고층에서 떨어진 공처럼 튀어 들어간다.
휠체어에서 탄 사람처럼 그는 다리 대신 엉덩이로 다닌다.
발 대신 바퀴가 땅을 밟는다.
그의 몸무게는 고무타이어를 통해 땅으로 전달된다.
몸무게는 빠르게 구르다 먼지처럼 흩어진다.
차에서 내려 사무실로 가기 전에
잠시 땅을 밟을 시간이 있었으나
서너 걸음 떼기도 전에 엘리베이터 문이 열리고
그는 새처럼 날아들어 공중으로 솟구친다.
그는 온종일 현기증도 없이 20층의 하늘에 떠 있다.
전화와 이메일로 쉴새없이 지저귀느라
한순간도 땅에 내려앉을 틈이 없다.

며칠 전 고향 무릉을 다녀왔습니다. 흔히 지상낙원을 가리켜 무릉도원武陵桃源이라고 할 때의 '무릉'에는 미치지 못할지 몰라도, 천혜의 자연이 그대로 살아 있는 곳이지요. 생명의 젖줄인 강이 마을을 둥글게 휘감아 돌며 생기를 북돋우고 있어 아름다운 정취를 더하는 곳. 그곳에 맑은 강이 흐르는데, 강물이 그렇게 많지는 않지만 영월 동강의 어미에 해당하는 강입니다. 강가에는 내 어릴 적 그대로 돌로 쌓은 방죽이 강의 흐름을 따라 버티고 있었습니다. 검푸른 빛의 마른이끼가 붙어 있는 방죽의 돌들은 오랜 세월의 연륜을 가늠하기에 충분했지요.

나는 완만하게 휘어진 방죽 위를 천천히 걸었습니다. 한해살이풀의 마른 대궁들이 꼿꼿이 서서 종아리를 찌르기도 했지요. 마른풀 대궁들 사이에는 연둣빛 새싹들이 뾰족뾰족 고개를 내밀고 있었습니다.

강물 위로 내리는 황홀한 저녁놀을 받으며 방죽 끝까지 천천히 걸었습니다. 방죽 끝에 서서 아래를 내려다보니, 새하얀 모래톱이 또 유혹했습니다. 모래톱에는 물새들의 고운 발자국만 희미하게 찍혀 있었죠. 나는 모래톱으로 내려서며 거추장스런 신발과 양말을 벗어 던졌습니다.

나는 맨발로 새하얀 모래톱 위를 걸었습니다. 맨발에는 금세 모래알이 엉켜 붙었습니다. 모래 샌들을 신은 셈이었죠. 모래 위를 맨발로 걸으니 따끔거리는 모래의 자극이 온몸을 시원하게 했습니다.

 그렇게 얼마쯤 걷던 나는, 모래 위에 벌렁 드러누웠어요. 문득 파랗게 쏟아지는 하늘이 지친至親처럼 다정하게 느껴지고, 강 건너편 버드나무 군락에서 날아오르는 물새 떼의 자유로운 날갯짓이 내 혼을 하늘 높이 이끌어주는 듯했습니다. 나는 물위를 날아다니는 물새들의 비상에 화답하듯 휘파람을 불었습니다. 내가 내 휘파람소리를 듣는 것도 참 오랜만이었죠. 맨발로 모래톱을 걸은 것도 오랜만이고, 휘파람을 불며 물새들과 노니는 것도 오랜만이었습니다. 무엇이 그리 분주했던지? 도대체 뭘 하느라고 그렇게 허둥거렸던지?

 휘파람을 불며 한참 동안 누워 있으려니 좋아하는 시가 떠올랐습니다.

> 날개 없이도 그는 항상 하늘에 떠 있고 / 새보다도 적게 땅을 밟는다……잠시 땅을 밟을 시간이 있었으나 / 서너 걸음 떼기도 전에 엘리베이터 문이 열리고 / 그는 새처럼 날아들어 공중으로 솟구친다. / 그는 온종일 현기증도 없이 20층의 하늘에 떠 있다. / 전화와 이메일로 쉴새없이 지저귀느라 / 한순간도 땅에 내려앉을 틈이 없다.

 여유를 잃어버리고 살아가는 우리네 삶을, 마치 족집게처럼 잘 집어내 표현한 시이지요. 이 시는 현대인의 '틈' 없이 분주한 삶을 '새'와 대비하여 잘 형상화하고 있습니다.

새는 하늘을 땅처럼 누비며 사는 존재입니다. 새의 발은 날개지요. 새는 날개가 튼튼하게 발달한 대신 발은 작고 가늘어 보잘것없습니다. 그렇지만 새도 발이 있어 땅을 밟지요. 땅 위에 내려앉아 쉬며, 땅에서 먹이를 구하며, 땅에 둥지를 틀며, 결국 땅으로 돌아갑니다.

인간은 새가 아닙니다. 인간은 날개가 없습니다. 인간은 그러나 '새보다도 적게 땅을 밟'습니다. 인간에게 날개를 달아준 것은 물론 문명의 이기利器입니다. 엘리베이터, 고무바퀴, 전화와 이메일. 편리와 신속, 효율을 가져다준, 인간이 발명한 날개입니다.

하지만 이 편리와 신속, 효율의 극대화로서의 날개가 인간에게 무엇을 안겨주었던가요. 그 날개가 인간에게 한가로움과 여유, 안락함과 자유로움을 선물로 주었던가요. 그 날개는 오히려 인간을 '휠체어를 탄 사람처럼' 불구不具로 만들고 있습니다.

발 대신 고무바퀴가 땅을 밟으니 발은 점차 퇴화될 뿐입니다. 전화와 이메일로 쉴새없이 지저귀지만, 사람과 사람, 사람과 자연 사이에는 불화와 불신만 증폭될 뿐입니다. '소통'을 위해 고안된 날개가 '불통'만 가중시킬 뿐입니다.

'한순간도 땅에 내려앉을 틈이 없'는 삶 속에서 인간의 몸과 영혼은 탈진되어 갈 뿐인 것입니다. 나는 현대인의 '틈 없

85

는' 삶을 이처럼 신랄하게 풍자한 시를 본 적이 없습니다. 지금의 내 삶 역시 이 시가 드러내주는 풍자의 자장에서 자유롭지 못합니다. 맨발로 무릉 강변을 걸으며 더욱 그것을 절감했지요.

나는 맨발에 묻은 모래를 털고 벗어놓았던 신발을 발에 꿰었습니다. 신발이 훨씬 더 무겁게 느껴졌습니다. 하지만 내 입에서는 여전히 휘파람이 새어나왔습니다. 휘파람을 불며 방죽 위로 올라섰습니다. 강물을 황홀한 빛깔로 물들이던 붉은 놀은 사라지고, 어느덧 무릉 들판엔 보랏빛 어스름이 스멀스멀 깔리고 있었습니다. 그 어스름이 내 명함처럼 낯설지 않았습니다.

서로 안에 있음

해가 내 안으로 들어온다,
구름과 강과 더불어 내 안으로 들어온다.
나 또한 강으로 들어간다.

구름과 강과 더불어 해로 들어간다.
우리가 서로 안에 들어가지 않는
그런 순간은 없다.

그렇지만 내 안으로 들어오기 전,
해는 이미 내 안에
구름과 강과 더불어 내 안에 있었다.
강으로 들어가기 전
나는 이미 그 안에 있었다.

우리가 서로 안에 들어가 있지 않은
그런 순간은 없었다.

누가 부르는 소리에 대문께로 나갔더니, 건너 마을에서 농사짓는 친구가 시금치 한 단을 건네주며 말합니다. 이거 내가 키운 거야! 뿌리에 붉은 흙이 그대로 붙어 있는 시금치는 풋풋하고 싱싱합니다. 고맙다는 말을 건넬 사이도 없이 친구는 돌아서서 낡은 트럭을 몰고 씽 사라집니다. 나는 친구가 주고 간 시금치를 다듬으며 그가 한 말을 곱씹어봅니다.

이거 내가 키운 거야! 그렇습니다. 친구가 씨를 뿌리고 김을 매고 키운 건 맞지만, 반만 진실이지요. 어디 저 혼자 시금치를 키울 수 있단 말입니까. 햇볕, 공기, 물, 바람의 수고는 제쳐놓고, 땅을 기름지게 한 지렁이의 수고를 빼놓고 말입니다. 나중에라도 친구를 만나 이렇게 말하면 까칠하다고, 고마운 줄도 모른다고 할 테니 아무 말도 하지 않겠지만, 이런 뾰족한 생각이 드는 건 어쩔 수 없었습니다. 얼치기 농삿꾼인 내가 손바닥만 한 텃밭에 농사를 지으면서 햇볕과 공기와 물과 바람을 주관하는 하늘이 도와주지 않으면 내 수고가 별 볼 일 없다는 걸 깨달았기 때문이죠.

해가 내 안으로 들어온다, / 구름과 강과 더불어 내 안으로 들어온다. / 나 또한 강으로 들어간다. // 구름과 강과 더불어 해로 들어간다. / 우리가 서로 안에 들어가지 않는 / 그런 순간은 없다.

이 단순소박한 시는 제목처럼 명쾌하고 어렵지 않습니다. 해, 구름, 강, 시금치 등 우주만물이 '서로 안에 들어 있지 않은 / 그런 순간은 없' 다는 것입니다. 하지만 인간 중심의 세계관에 갇힌 이들은 '서로 안에 있음' 을 자각하지 못하지요. '나와 너' 를 따로 떼어 생각하는 분리의식. 이런 분리의식으로는 사실 우리가 지구별 위에서 당면한 어떤 문제도 해결할 수 없잖아요. 오늘날 지구 주민을 지배하는 건 이런 분리의식입니다. '나' 라는 주체가 따로 있다고 생각하기 때문에 나와 이웃, 나와 자연, 나와 하느님 사이의 분리를 당연시합니다. 많은 사람들은 자신의 근원인 신성으로부터 분리된 것처럼 생각하고 행동합니다.

오늘날 우리가 직면한 위기의 뿌리는 바로 여기에 있습니다. 사실 내 존재가 타자로부터 '분리되어 있다' 는 생각은 망상이 아닐까요. 생각해보세요. '나' 라는 존재가 '나 아닌 것들' 없이 존재할 수 있나요. 틱낫한이 다른 책에서 말한 것처럼 '꽃' 이 '꽃 아닌 것들' 없이 꽃일 수 있을까요. 꽃 아닌 것들, 즉 햇빛, 흙, 물, 거름, 바람, 공기, 곤충, 새 등이 없으면 꽃은 꽃으로 피어날 수 없습니다.

인간도 마찬가지입니다. 우리 역시 우리 아닌 것들 때문에 겨우 존재하는 것이 아닌가요. 그러나 우리는 마치 우주 안의 다른 존재 없이도 생존할 수 있는 양 분리의 망상 속에 삽니다. 분리의 망상은 인간의 삶을 파괴하고 결국 지구공동체를 파괴하고 말 것입니다.

태초에 세상을 여신 분과 '서로 안에 있'다는 자각 속에 살았던 예수는 분리의식 속에 사는 사람들을 일깨우기 위해 이 땅에 오신 것이 아닐까요. 예수가 지구별에 머무는 동안 남긴 기도문은 그것을 친절히 일러줍니다. 세상 떠날 때가 가까움을 예감하고 남긴, 어쩌면 유언 같은 기도문입니다.

아버지, 아버지께서 내 안에 계시고, 내가 아버지 안에 있는 것과 같이, 그들도 하나가 되어서 우리 안에 있게 하여 주십시오……내가 그들 안에 있고 아버지께서 내 안에 계신 것은, 그들이 완전히 하나가 되게 하려는 것입니다. 이것은 또, 아버지께서 나를 보내셨다는 것과, 아버지께서 나를 사랑하신 것과 같이 그들도 사랑하셨다는 것을, 세상이 알게 하려는 것입니다.(요한 17: 21–23)

이 기도문에서 예수가 하느님을 '아버지'라고 부른 것은 친근함의 표현입니다. 예수 이전에는 아무도 하느님을 아버지로 호칭하지 않았습니다. '아버지'라는 호칭은 예수와 하느님이 '사이 없는 사이'임을 적극적으로 드러낸 표현에 다름 아닙니다. 진정한 사랑의 관계는 합일, 곧 사이 없는 사이라는 말로 표현할 수 있습니다. 이것은 단지 듣기 좋은 수사가 아니라 예수의 삶 그 자체입니다.

예수는 모든 존재의 원천이신 하느님과 자기 자신을 떼어서 생각할 수 없었습니다. 그러니까 예수는 자신이 하느님과 둘로 나뉘어 있지 않다는 자각 속에 살았기에 굳이 하나님과의 합일을 추구할 필요가 없었지요. '아버지께서 내 안에, 내가 아버지 안에' 있다는 말씀은, 분리의식 속에 살아가는 인간들로서는 이해하기 어려운 말씀일 것입니다. 그 말씀을 우리는 짧은 문장으로 이렇게 표현할 수 있습니다. 서로 안에 있음!

예수는 '서로 안에 있음', 즉 합일의 희열과 황홀을 당신을 따르는 이들과 함께 나누길 원했던 것이 아닐까요. 신성한 원본原本이신 하느님을 모르는 이들에게, 본래 모든 존재가 하느님과 하나라는 것을 알려주고 싶어했습니다. 그것은 곧 모든 존재가 하느님의 사랑 안에 있음을 알게 하려는 것이었습니다.

이것은 분리의 망상 속에 살아가는 이들의 고정관념을 깨뜨리는 일입니다. 우리는 그것을 의식의 혁명이라 부를 수 있겠지요. 기도를 통해 보여주는 예수의 염원은 이처럼 의식의 혁명을 동반합니다. 이때 낡은 삶의 방식이 깨어지고 새로운 삶의 방식을 지닌 존재가 탄생할 수 있습니다. 예수는 짧은 공생애 기간 동안 그것을 자기 온몸으로 실천했죠. 그가 머무는 곳마다 죄인과 죄인 아닌 사람의 경계가 무너지고, 유대인과 이방인, 남성과 여성의 차별이 무너졌습니다.

경천동지驚天動地할 일이었습니다.

왜 경천동지할 일이냐고요? 율법이라는 이름으로 인간을 괴롭히던 낡은 관습이 깨어지고 새로운 신의 관습이 싹트기 시작했으니까요. 신의 관습이란 '합일'의 자각 속에 사는 삶의 태도를 말합니다.

무릇 실낙원 이후 인간을 지배한 것은 합일이 아니라 분리의 관습이었습니다. 이 오래된 분리의 관습이 깨지지 않는 한 인간은 진정한 행복을 누릴 수 없죠. 예수가 자신의 삶과 가르침을 '복음'이라 한 것은 그것이 인간을 분리의 관습 속에 머무르게 하지 않고 신의 관습, 즉 합일의식을 일깨운 것이었기 때문입니다. 모든 존재가 '서로 안에 있음'을 예수는 끊임없이 설파했습니다. 복음의 에센스는 결국 '서로 안에 있음'을 깨닫는 일입니다.

좀 더 생각해볼까요. 지금 내가 창 밖에 서 있는 나무 없이는 숨을 쉴 수 없으니 나와 나무는 '서로 안에 있음'이고, 내가 먹는 밥 없이 살 수 없으니 나와 밥은 '서로 안에 있음'입니다. 심지어 지구의 온난화로 만년빙이 녹아내린다는 저 북극이 미치는 영향과 뗄 수 없는 관계 속에 있으니 나와 북극조차 '서로 안에 있음'이 아니겠습니까. 그렇게 우주만물이 서로 안에 있다면, 그것을 우리가 또렷이 자각하고 산다면, 지상의 모든 차별, 미움, 증오, 학대, 다툼, 갈등이 사라질 것입니다.

서로 안에 있음! 예수는 당신을 따르는 인생들이 바로 이것을 깨우치기를 간구했을 것입니다. 예수의 이런 간구는 오늘 우리의 간구가 되어야 합니다. 천민자본주의가 야기한 지독한 이기심에 물들어 '서로 안에 있음'을 망각하고 살아가는 시절이 아닙니까. 어떤 신학자는 이런 우리의 처지를 "자비를 유배 보냈다"(매튜 폭스)라고 표현했습니다.

자비를 유배 보낸 우리 삶의 꼴은 어떻습니까. 사막처럼 황량하기만 합니다. 돈, 편리, 속도의 악령이 인간의 영혼을 삼켜버렸습니다. 악령은 끊임없이 분리의식을 조장하길 좋아하지요. 우리는 이제 정신을 차리고 결심해야 합니다. 악령의 꾐에 속아 분리의 가위질을 계속하고 살 것인가. 아니면 예수의 가르침을 따라 실과 바늘로 분리된 것들을 꿰매는 합일의 삶을 살 것인가……

감나무 새순들

눈뜨는 감나무 새순들이 위험하다 알고 보면 그 밀고 나오는 힘이 억만 톤쯤 된다는 것인데 아기를 낳은 여자, 그 죽음의 직전, 직전의 직전까지 닿아 있는 힘과 같다는 것인데 햇살 속에 반짝이는 저 몸짓들이 왜 저리 연하디 연할까 다를 게 없다 가장 힘센 것은 가장 여린 것을 겨우 만들어낸다 억만 톤의 힘을 처음부터 다시 시작한다 처음부터라야 완벽하다 위험하다.

어느 책에서 읽었는지 어렴풋합니다만 그 뭉클한 기억은 지금도 또렷합니다. 짚꾸러미에 가지런히 싼 계란들 가운데 하나를 딱 깨뜨리면 나머지 알들이 모두 기절을 한답니다. 나는 그 얘기를 읽었을 때 눈을 휘둥그레 뜨고 한참동안 생명의 신비에 놀라움을 금치 못했습니다.

이런 경험도 있습니다. 내가 사는 이웃에 작은 공터가 있었는데, 공터 주인이 그 곳에다 뒤늦게 메밀 씨를 뿌렸습니다. 무슨 사연이 있었는지는 모르지만, 파종기가 훨씬 지난 뒤였지요. 그 공터를 지나다니며 어떻게 되나 지켜보곤 했는데, 추수기가 다가오자 딱 한 뼘밖에 자라지 않은 메밀이 꽃을 피우더니 찬 서리 내리기 직전 열매를 맺어놓은 것이었습니다. 물론 열매가 튼실하지는 않았지만! 그때도 나는 헤아릴 수 없는 생명의 신비에 놀라워했지요.

살아 있는 것들은 모두 이렇게 신비로운 깊이를 지니고 있습니다. 만물이 지닌 이런 신비로운 생명의 깊이를 탐구한 시인이 있습니다. 정진규라는 시인인데, '알'이란 부제를 붙여 연작시를 썼지요. 왜 하필 '알'일까요? 시인의 눈에는 세상에 살아있는 모든 것이 '알'입니다. 아니, 만물이 알과의 유기적 연관 속에 있습니다. '순수생명의 실체이며 그 표상'인 알을 시인이 탐구하는 것은 어쩌면 너무나 당연한 일인지도 모릅니다. 하지만 지금까지 그 실체를 탐구하여 연작시집으로 담아낸 예는 없습니다. 이것이 내가 시인의 '알詩'를 주목하는 이유입니다.

눈뜨는 감나무 새순들이 위험하다 알고 보면 그 밀고 나오는
힘이 억만 톤쯤 된다는 것인데 아기를 낳은 여자, 그 죽음의 직
전, 직전의 직전까지 닿아 있는 힘과 같다는 것인데……

나는 감나무를 많이 재배하는 지역에 살면서 감나무의 새
순이 나오는 것을 자주 살펴보았습니다. 감나무 새순은 다른
나뭇잎들보다 늦게 핍니다. 그런데 시인은 그 새순들이 '위
험'하다고 말합니다. 그 여리디여린 연둣빛 새순들이 위험
하다니요? 아이들의 고사리 손으로 툭 치면 맥없이 꺾어지
고 말 새순들이 왜 위험하다고 말하는 것일까요?

여기서 위험이란 말은 '힘'과 관련됩니다. 단단한 껍질을
뚫고 새순을 밀어내는 힘 말입니다. 아이를 낳는 여자가 자
궁 밖으로 신생아를 밀어낼 때, 그 죽음을 무릅쓴 신산辛酸의
고통 속에서 나오는 에너지를 시인은 수치로 표시하여 '억
만 톤쯤' 되는 힘이라고 말합니다. 상상이 거의 불가능한 엄
청난 힘이지요. 시인이 위험하다고 말하는 까닭입니다.

그 위험한 힘이 모든 알에 내재해 있습니다. 순수생명의
실체인 모든 알들은 시인의 촉각에 위험하게 느껴질 정도의
신비한 에너지를 내장하고 있습니다. 나무의 몸에서 태어난
새순이나 여인의 몸에서 태어난 사람이나 모두 이런 신비한

에너지를 내장한 '알'에서 위험하게 빚어진 생명들입니다. 존귀하다는 단어가 빛바랠 만큼 생명에 대한 외경을 느끼게 만드는 대목이 아닐 수 없습니다.

시인을 더욱 경탄하게 하는 것은 '억만 톤쯤 되는' 그 위험한 힘으로 밀어내어진 새순들의 몸짓입니다.

햇살 속에 반짝이는 저 몸짓들이 왜 저리 연하디 연할까

의문사가 사용되지 않는 이 의문문의 시구에서 우리는 감동에 겨워 촉촉이 젖는 시인의 붉어진 눈시울을 보는 듯합니다. 단단한 것, 굳은 것, 강한 것들이 울끈불끈 그 힘을 뿜내며 생명의 산하山河를 유린하는 세상에 몸담고 사는 시인이기에, 연하디 연한 새순들의 몸짓이 더욱 가슴 저리게 다가왔을 것입니다. 그 연한 몸짓의 떨림을 몸 겪었기에 시인의 뇌리에는 이런 잠언이 떠올랐을 거구요.

가장 힘센 것은 가장 여린 것을 겨우 만들어낸다

이 시구의 강조점은 '겨우'에 있습니다. 연하디 연하고 눈부신 생명의 출현은 억만 톤쯤의 힘으로도 '겨우' 이루어진다는 것입니다. 어떤 생명이든지 그 출현은 쉽게 이루어지는 것이 아니라는 통찰입니다.

오늘날 우리는 생명을 얼마나 함부로 대합니까. 첨단 문명과 지성의 확장으로 밝아진 세상이라고는 하지만, 생명에 대한 핍박은 여전합니다. 그 엄청난 힘으로도 '겨우' 빚어진 생명인데, 현대인들은 생명에 대한 존엄과 외경을 잃어버린 듯이 보입니다.

시인은 그래서 말합니다. "억만 톤의 힘을 처음부터 다시 시작한다"고. 여기서 억만 톤의 힘이 지시하는 것은 그 힘을 내장한 알, 더 나아가 그 알을 있게 한 존재의 근원입니다. 둥근 모양의 알은 작디작고, 그 알을 있게 한 근원자는 우리 눈에 보이지 않습니다. 시인이 다시 '시작'한다는 말은 그 보이지 않는 실재를 향해 시선을 돌리라는 말입니다. 물론 시인은 그것을 암시할 뿐 강요하거나 명령하지 않습니다. 명령은 시인의 몫이 아니니까요. 연하디 연한 감나무 새순이 피어나는 것을 보면서 '알'을 묵상하는 시인이 우리에게 호소하는 것은 무엇일까요?

생명에 대한 존엄과 외경의 회복입니다. 핍박받는 우주 생명들에 대한 깊은 연민이 '알詩' 전체를 에워싸고 있는 듯합니다. 지구 생태계의 신음이 절정에 이른 때, '알詩'가 나왔다는 것은 그것 자체로 의미심장합니다.

평화의 기도

〈평화의 기도〉_프란체스코

주여, 나를 평화의 도구로 써주소서.
미움이 있는 곳에 사랑을
상처가 있는 곳에 용서를
분열이 있는 곳에 일치를
의혹이 있는 곳에 믿음을
오류가 있는 곳에 진리를
절망이 있는 곳에 희망을
어둠이 있는 곳에 광명을
슬픔이 있는 곳에
기쁨을 심게 하소서.
위로받기보다는 위로하며
이해받기보다는 이해하며
사랑받기보다는 사랑하며
자기를 온전히 줌으로써
영생을 얻기 때문이니
주여, 나를 평화의 도구로 써주소서.

몸은 헐벗었지만 영혼은 헐벗지 않은 이의 노래. 자발적인 가난과 고통, 낮은 자리로 내려가는 것을 기꺼워함으로써 하느님으로 부요해진 이의 노래. 나는 아무것도 아니며 하느님 만이 나의 전부라고 고백한 이의 뜨거운 신심을 담은 노래. 이기적 자아로부터 해방되어 어떤 걸림도 없는 이의 노래. 바로 성 프란체스코의 시 〈평화의 기도〉입니다.

성 프란체스코에게 편지를 쓴 적이 있습니다. 어떤 기독교 잡지에 썼으니 공개편지인 셈이었지요. 그 편지에서 나는 불경스럽게도 프란체스코를 '못난이'라고 불렀습니다. '성자' 란 호칭보다 '못난이'란 호칭이 더 어울릴 것 같아서였습니다. 설사 그가 다시 살아서 우리 곁에 온다 해도 그는 틀림없이 '못난이'라고 불리지 않을까요. 물론 사람들은 별 생각 없이 프란체스코를 성자라 부릅니다. 하지만 예나 지금이나 '광光나지 않는' 그의 삶을 본받으려는 이는 드물지요. 오늘날의 기준으로 보아도 그의 삶은 거지 혹은 광인의 그것이니까요.

거지이거나 광인이거나!

이것이 저 세인들의 평가입니다. 사실 프란체스코는 거지 처럼 헐벗은 채 광인처럼 하느님에게만 몰입하여 살았습니다. 다만 그의 헐벗은 삶이야말로 하느님을 중심에 모시는 바탕이 되었다는 것만은 간과할 수 없습니다. 그렇습니다. 가난은, 자발적 가난은 우리 자신을 떨어뜨리는 것이 아니라 우리 자신을 높이 들어 올리는 일입니다. 나의 소유를 어려운 이웃과 나눌 때 그것은 우리 자신을 높이 들어 올리는 일이 됩니다.

우스꽝스런 일화가 하나 있습니다. 프란체스코는 어느 날 동료 수도사들이 보는 앞에서 가난과 혼례를 올립니다. 가난이 나의 신부라며. 과연 광인답지 않습니까. 하지만 가난과의 혼례는 곧 하느님과의 혼례였던 셈. 가난으로 자기를 비움으로써 그는 하느님으로 충만해집니다. 비어 있는 충만이지요!

그러므로 당신과 내가 목청 높여 부르는 '평화의 기도'는 대나무처럼 속을 비워 신의 피리가 된 이의 노래인 것입니다. 철없을 때는 이 노래를 별 생각 없이 따라 불렀으나, 이제는 왜 그렇게 주저주저하게 되는지. 나는 프란체스코처럼 헐벗어본 적이 없고, 고통받아본 적이 없고, 낮은 자리에 내려가본 적이 없습니다. 그런 내가 어찌 그 지극한 선율을 내 목청에 흔쾌히 실을 수 있겠습니까.

'주여, 나를 평화의 도구로 써 주소서' 이 시의 첫 구절에는 하느님에게 자기 인생 전체를 걸고(!) 살았던 한 인간이 품은 삶의 갈망이 담겨 있습니다. 젊은 프란체스코는 어느 날, 과거 부랑아 시절의 친구를 만나 이런 우스꽝스런 대화를 나눕니다.

"누가 자네를 이 거지꼴로 만들었나?"

"하느님이!"

"자네의 비단옷과 손의 금반지는 다 어쨌나?"

"사탄에게 줘버렸지!"

"지금 어디서 오는 길인가?"

"나는 지금 다음 세상에서 오는 길이네."

"그러면 지금 어디로 가는 길인가?"

"다음 세상으로!"

_니코스 카잔차키스, 《성 프란체스코》에서

이 대화 속에는 '신의 도구'가 되어 살았던 한 인간의 깊은 진실이 담겨 있습니다. 이 세상에 속해 있으나 이 세상에 속하지 않은 것처럼 살았던 프란체스코. 그의 삶의 뜨락엔 가난과 고통이 주렴처럼 드리워져 있지만, 그는 결코 무겁지 않습니다. 그의 영혼은 가볍습니다. 겨울날 눈송이들 위에 내리는 또 하나의 눈송이처럼. 그는 욕심과 미움과 절망이라는 중력의 지배를 받지 않았던 것입니다. 철학자 니체가 말하듯 그는 중력의 영靈에 지배당하지 않고 하느님이라는 자유의 영토에 실존의 뿌리를 내리고 있었던 것입니다. 천둥이 악마처럼 울부짖고 거센 비바람이 몰아쳐도 그가 흔들림 없이 '평화의 도구'로 우뚝 설 수 있었던 까닭입니다.

평화로운 사람이라야 평화를 만들 수 있습니다. 평화의 기운이 내면에 가득한 사람이라야 평화를 노래할 자격이 있는 법. 만날 자기를 들들 볶는 사람이 타인에게 평화를 선사할 수는 없습니다. 사뭇 절제되어 있는 〈평화의 기도〉 시편은 신의 도구로 살았던 프란체스코의 성실한 삶의 반영이기에, 더욱 심금을 울립니다.

미움이 있는 곳에 사랑을
상처가 있는 곳에 용서를
분열이 있는 곳에 일치를
의혹이 있는 곳에 믿음을
오류가 있는 곳에 진리를
절망이 있는 곳에 희망을
어둠이 있는 곳에 광명을
슬픔이 있는 곳에 기쁨을
심게 하소서.

너무 상투적으로 느껴진다고요. 하지만 이 기도는 여전히 유효합니다. 지구촌의 평화는 아직도 요원하니까요. 폭력을 정의로 위장하여 힘없는 자를 짓밟는 세상. 문명의 얼굴을 한 야만이 맹위를 떨치는 세상. 좀 더 직설적으로 말해볼까요. 정의와 평화를 말하면서도 가진 자들은 자기 것을 조금도 나누지 않습니다. 예수가 비유했듯, 부자는 진수성찬이

차려진 밥상에 앉아 게걸스레 먹으면서도 먹다 남은 부스러기조차 거지 나사로에게 던져주지 않습니다.

평화平和라는 한자를 풀어보면 밥을 골고루 나눠 먹는 의미라고 하지요. "밥은 하늘입니다. 하늘을 혼자 못 가지듯이 밥은 서로 나눠 먹는 것."(김지하) 그렇습니다. 평화로운 세상을 이루려면 먼저 밥을 나눠 먹을 줄 알아야 합니다. 배고픈 사람을 보면 가슴에 측은지심이 싹트는 이가 바로 참사람입니다.

《평화의 잔 꽃송이 아시시의 성 프란체스코》에 나오는 일화를 보십시오. 수도원장 안젤로에게 악명 높은 강도들이 음식을 나눠달라고 요구합니다. 안젤로는 그들을 크게 꾸짖어 돌려보내지요. 그 이야기를 들은 프란체스코는 오히려 안젤로를 꾸짖으며, 자신이 온종일 구걸해 온 빵과 포도주를 그들에게 준 뒤 무릎을 꿇고 겸손히 사죄하고 오라고 말합니다. 안젤로는 프란체스코의 말에 순종했고, 결국 그 강도들을 형제로 맞아들이게 됩니다.

밥을 서로 나눠 먹는 행위는 세상에 평화의 씨앗을 뿌리는 일입니다. 햇살이 만상을 골고루 비출 때 어둠이 사라지듯 혼자 먹던 밥상을 함께 나눠 먹는 두레밥상으로 바꿀 때 미움과 상처, 절망, 슬픔은 눈 녹듯 사라질 것입니다. 배고픈 사람을 먹이고, 목마른 사람에게 물을 주고, 헐벗은 사람을 입히는 것이 곧 자기를 영접하는 것이라고 예수는 말했습니다. 길게 늘어놓을 것 없습니다. 자기를 온전히 주는 자가 평화를 만드는 사람입니다.

위로받기보다는 위로하며 / 이해받기보다는 이해하며 / 사랑받기보다는 사랑하며 / 자기를 온전히 줌으로써 / 영생을 얻기 때문이니 / 주여, 나를 평화의 도구로 써주소서.

시는 시인이 선택한 가시면류관이라고 말한 이가 있습니다. 프란체스코의 이 시는 그가 스스로 선택한 가시면류관이자, 영광의 면류관입니다. 하지만 누가 이렇게 살 수 있겠습니까. 누가 이처럼 무겁고 힘든 멍에를 지고 갈 수 있겠습니까. 날마다 자기를 여의는 연습을 하는 사람, 그리하여 자기 몸을 노아의 방주처럼 열어 하느님이 그 배를 타고 여행하시도록 내어줄 수 있는 사람. 나 같은 범부에게는 아직 그 길이 멀고 아득하지만 오늘도 내가 부를 노래는 이 노래밖에 없습니다.

2부
나는 어디서나 당신을 본다

행복의 문

〈행복의 문〉_헬렌 켈러

태양을 바라보며 살아라
그대는 그림자를 볼 수 없으리라
해바라기가 하는 것처럼

고개를 숙이지 말라
머리를 언제나 높이 두라
세상을 똑바로 정면으로 바라보라

나는 눈과 귀와 혀를 빼앗겼지만
내 영혼을 잃지 않았기에
그 모든 것을 가진 것이나 마찬가지이다

고통의 뒷맛이 없으면 진정한 기쁨은 거의 없다
불구자라 할지라도 노력하면 된다
아름다움은 내부의 생명으로부터 나오는 빛이다

그대가 정말 불행할 때
세상에서 그대가 해야 할 일이 있다는 것을 믿어라
그대가 다른 사람의 고통을 덜어줄 수 있는 한
삶은 헛되지 않으리라

행복의 한쪽 문이 닫히면 다른 쪽 문이 열린다
그러나 흔히 우리는 닫혀진 문을 오랫동안 보기 때문에
우리를 위해 열려 있는 문을 보지 못한다

세상에서 가장 아름답고 소중한 것은
보이거나 만져지지 않는다
단지 가슴으로만 느낄 수 있다.

백화점 앞을 지날 때면 화려하게 꾸민 쇼윈도가 우리를 유혹하곤 합니다. 한번 들어와서 입고 신고 걸쳐보라고, 낡은 유행을 벗고 이 새 옷을 입으라고 손짓합니다. 나는 잠시 상상으로 마네킹이 입은 옷을 가져와 내 몸에 걸쳐봅니다. 현금은 없지만 카드로 긁고 한번 가져볼까. 그러면 정말로 행복해질까 중얼거립니다.

소유의 많고 적음을 행복의 척도로 삼는 이들을 종종 만납니다. 오로지 '더하기 행복'만이 행복인 그들에게는 더 큰 아파트, 더 큰 자동차, 더 많은 은행 잔고만이 행복을 셈하는 척도이지요. 이런 물질적 욕구가 충족되지 않을 때 그들은 늘 불행하고 불우합니다. 우리는 대부분 이처럼 욕망의 충족에 비례하는 행복을 추구하지만, 그 비례가 어긋나는 순간 낙원에서 쫓겨난 아담과 하와처럼 결핍의 실낙원失樂園을 떠돌 뿐입니다. 문득 철학자 마르쿠제의 말이 뇌리를 스칩니다. '행복을 보장해줄 거라고 착각하는 화려한 소유물이 실은 행복한 마네킹에 지나지 않는다.' 마르쿠제는 이렇게 덧붙입니다. '마네킹은 몸에 걸친 옷을 자랑한다. 그러나 그것은 자기 옷이 아니다.' 그럼에도 '더하기 행복'만을 행복으로 여기는 지상의 척도에서 자유로워지기란, '행복한 마네킹'이 되고 싶은 유혹을 뿌리치기란 쉽지 않습니다.

이 숱한 유혹과 행복의 척도에서 자유로운 사람이 있을까요. 놀라지 마십시오. 있습니다! '나는 눈과 귀와 혀를 빼앗겼지만 / 내 영혼을 잃지 않았기에 / 그 모든 것을 가진 것이나 마찬가지이다'라고 갈파하는 헬렌 켈러. 우리 자신과 비교할 때 별로 가진 것 없는 사람의 이 역설적이고 특별한 행복론에 잠시 귀를 기울여볼까요.

처음 〈행복의 문〉이라는 시를 읽었을 때의 충격이 아직도 생생합니다. 헬렌 켈러가 어떤 사람이던가요. 보지도 못하고 듣지도 못하고 말하지도 못하는 삼중고三重苦를 부둥켜안고 산 사람이 행복을 노래하다니! 불행의 조건이 반드시 사람을 불행으로 몰아세우는 것은 아니구나. 오히려 행복을 발견하도록 할 수도 있구나! 그렇다면 낙원의 기쁨을 누리느냐 실낙원의 괴로움을 안고 사느냐 하는 것은 삶을 대하는 우리의 마음가짐에 달려 있는 것은 아닐까요.

하지만 헬렌 켈러가 생의 모든 조건을 초탈한 사람은 아닌 것 같습니다. 생의 말년에 기록한 듯한 《3일만 볼 수 있다면》이라는 수필에서 그는 자신의 소망을 이렇게 표현합니다.

때로는 촉감으로만 느끼는 이 모든 것을 눈으로 볼 수 있으면 하는 갈망에 사로잡힙니다. 촉감으로 그렇게 큰 기쁨을 느낄 수 있는데 눈으로 보는 이 세상은 얼마나 아름다울까요.

이 글을 읽으며 또 얼마나 부끄럽던지요. 평생을 고통 속에 살았을 그녀는 고통의 뒷맛 없이는 진정한 기쁨도 없다고 고백합니다. 눈도 캄캄, 귀도 캄캄, 목소리도 캄캄하게 닫힌 이의 눈물겨운 고백. 게다가 '고통의 뒷맛'이라니! 가슴이 아리고 먹먹해집니다. 내 경험의 거울에 비추어보아도 그렇습니다. 고통의 뒷맛이 없으면 진정한 삶의 기쁨이나 행복은 맛볼 수 없었습니다. 목마름의 고통을 느껴보지 않은 사람이 물 맛을 알 수 없고, 몸이 아파 보지 않은 사람이 건강의 소중함을 모르는 것처럼 말이지요.

심각한 장애를 안고 살았지만 영혼을 잃지 않았기에 모든 것을 가졌다고 여기며, 삶의 아름다움은 내부의 생명으로부터 나오는 빛이라고 굳게 믿는 헬렌 켈러. 그는 어떻게 이토록 균형 잡힌 삶의 시각을 가질 수 있을까요. 그를 생기발랄하게 살아가도록 하는 에너지는 단지 육체에 있는 것이 아니라 존재 내부에서 나오는 빛 즉 영혼에 있었던 것일까요. 그의 '영혼의 불꽃'이 그를 살아 있게 하는 에너지의 원천이 되었던 것일까요.

흔히 우리는 행복의 닫힌 문만 바라보며 불행과 절망에 빠져 허우적거립니다. 그러나 헬렌 켈러는 닫힌 문만 바라보지 말고 행복의 다른 문을 바라보라고 합니다. 그리고 그 구체적인 방편으로 다른 사람의 고통을 덜어주라고 낮은 목소리로 일러줍니다. 예수의 가르침 또한 다르지 않습니다. '자비한 사람은 복이 있다. 그들이 자비함을 입을 것이다.'(마태 5:

7) 모름지기 인생의 가장 큰 행복은 자비로운 마음을 키워 다른 사람을 이롭게 하는 일이라는 것. 이처럼 우리가 넉넉한 마음을 내어 자비를 행하고 살면, 진정한 행복을 누릴 수 있다는 것. 예수는 그런 행복의 한 표상으로 '하느님 나라'에 대해 자주 언급했습니다. 하느님 나라에 입장할 수 있는 자격은 '나의 아픔이기도 하고, 하느님의 아픔이기도 한 다른 사람의 아픔을 덜어주는 데 몰두하는'(매튜 폭스) 자비로운 사람에게 주어진다는 것입니다.

하지만 예나 지금이나 많은 사람들은 '나' 혹은 '나의 것'만 생각하는 이기심을 벗어버리지 못하고 유리잔처럼 깨어지기 쉬운 행복에 집착합니다. '더하기 행복' 말입니다. 이 더하기 행복의 한계를 잘 아는 이들은 행복이 다가와도 잠시 즐기다가 곧 내려놓습니다. 두 손으로 꽉 움켜잡았다가는 깨어지고 말기 때문이지요. 물질을 획득함으로서 얻는 즐거움이든 이성을 통해 얻는 쾌락이든, 우리가 세속에서 얻은 모든 즐거움은 영원히 지속될 수 없습니다. 하느님은 완전한 행복을 줄 어떤 피조물도 지으신 적이 없고, 모든 피조물에는 '변화의 낙인'이 찍혀 있기 때문입니다. 따라서 오늘의 즐거움이 내일의 괴로움이 될 수 있고, 오늘의 쾌락이 내일의 고통이 될 수 있습니다.

깨어지기 쉬운 그런 행복을 내려놓고 자비로운 마음으로 살아가라는 것, 이것이 바로 예수가 가르친 행복의 고갱이입니다. 하느님은 우리에게 자비를 행할 수 있는 능력을 주셨다고 나는 믿습니다. 이런 보물을 지니고 있기에 우리 영혼이 세상 무엇과도 바꿀 수 없는 귀한 존재라고 하는 것 아닐까요.

어머니의 성소

장독대의 항아리들을
어머니는 닦고 또 닦으신다
간신히 기동하시는 팔순의
어머니가 하얀 행주를
빨고 또 빨아
반짝반짝 닦아놓은
크고 작은 항아리들……

(낮에 항아리를 열어놓으면
눈 밝은 햇님도 와
기웃대고,
어스름 밤이 되면
달님도 와
제 모습 비춰보는 걸,
뒷산 솔숲의
청설모 다람쥐도
솔가지에 앉아 긴 꼬리로

하늘을 말아 쥐고
염주알 같은 눈알을 또록또록 굴리며
저렇게 내려다보는 걸,
장독대에 먼지 잔뜩 끼면
남사스럽제……)

어제 말갛게 닦아놓은 항아리들을
어머니는 오늘도
닦고 또 닦으신다
지상의 어느 성소인들
저보다 깨끗할까
맑은 물이 뚝뚝 흐르는 행주를 쥔
주름투성이 손을
항아리에 얹고
세례를 베풀듯, 어머니는
어머니의 성소를 닦고 또 닦으신다

우리의 삶에 어떤 변화가 찾아올 때가 있습니다. 아주 사소한 경험이 그 계기가 되기도 합니다. 어느 해 늦은 봄날의 일입니다. 산기슭에 내리는 오월의 햇살이 잉걸불처럼 따가웠습니다. 나는 엽서를 부치러 자전거를 타고 우체국에 다녀오는 길이었지요. 능소화 넝쿨 흐드러지게 벌어진 현관 앞에 자전거를 세우고 집 안으로 들어가려는데, 문득 등 뒤에서 나직한 음성이 들렸습니다. 돌아보니 장독대의 들쑥날쑥한 항아리들 사이에서 작은 키의 노모가 하얀 찔레꽃처럼 웃고 계셨습니다.

"어딜 갔다 오시나?"

어느 때부턴가 노모는 나에게도 꼬박 공대를 하십니다.

"우체국에요. 어머니는 볕이 이렇게 따가운데 뭘 하세요?"

"보면 모르시나? 장독대를 닦고 있다네."

노모의 손에는 물이 뚝뚝 흐르는 하얀 행주가 들려져 있었습니다. 팔순이 훨씬 넘어 딱히 할 일이 없으신 노모는 틈만 나면 세숫대야에 물을 떠서 장독대 옆에 놓고 행주를 물에 적셔 항아리들을 닦곤 하셨지요.

"볕이 좀 수그러들면 닦지 않으시고……."

"황사가 뿌옇게 내려앉은 게 보이시질 않는가? 기왕 닦던 건데 뭘……."

노모는 더 말씀을 하시지는 않았지만, 장독대의 청결은 식구들의 건강한 식생활과 떼려야 뗄 수 없다는 것이 평소의 지론이셨습니다. 그리고 장독대를 깨끗하게 닦으면 당신의 마음도 깨끗해지는 것 같다고 하셨지요.

나는 잠시 우두커니 서서 항아리를 닦는 노모의 모습을 지켜보았습니다. 어느새 이마에 구슬땀이 송글송글 맺힌 노모는 맑은 물이 뚝뚝 흐르는 행주를 쥔 손을 항아리에 얹고 마치 사제가 세례를 베풀 듯 정성스럽게 닦고 또 닦으셨습니다.

'그래, 예배당만 성소聖所는 아니지. 어머니에게는 장독대도 하느님께 예배드리는 성소 같은 곳이지. 장독대를 닦으며 당신 마음도 정화하시고, 그 정화된 마음에 하느님을 모셨을 테니까!'

이런 생각을 하니 문득 가슴이 뭉클해졌습니다. 그리고 노모의 손길로 반짝반짝해진 장독들을 보며 내 혼도 맑아지는 것을 느낄 수 있었습니다. 세상 배움이 없는 까막눈의 노모는 일상의 초라한 장소마저 닦고 또 닦아 성소로 바꾸어놓았던 것입니다. 성소가 어디 따로 있지 않다는 걸 몸소 일러주셨던 것입니다.

흔히 종교인들은 성속聖俗을 나누는 이분법에 익숙합니다. 그러나 과연 성속이 무 자르듯 간단히 나뉠 수 있는 것일까요. 예컨대 종교의식이 집전되는 예배당은 성스럽고, 호객소리 드높은 저잣거리는 속되다고 말할 수 있을까요. 문자 그대로 이런 이분법을 맹신하는 이들은 '장소의 신비'에 기만당할 위험이 농후합니다. 만인이 성소로 떠받드는 장소라도, 장소가 사람을 성스럽게 만드는 것이 아니라 성스러운 사람이 그곳을 성스럽게 만드는 법이죠.

성경에 보면, 사마리아 여인이 어디에서 예배드리는 것이 옳은가 묻자 예수는 단호하게 선언합니다. "너희가 어디서 예배드리는지는 중요하지 않게 될 때가 온다. 사실은 그때가 이미 왔다. 하느님 앞에서 중요한 것은, 너희가 어떤 사람이 며 어떻게 사느냐 하는 것이다."(요 4: 23) 예수의 말을 조금 더 들어볼까요. "아버지께서는 그분 앞에 단순하고 정직하게 있는 모습 그대로 예배드리는 사람들을 찾으신다."(24) 더 긴 말이 필요할까요. 얼마나 시원스럽고 명쾌합니까.

영성이란 말이 유행처럼 번지는 시절입니다. 비빔밥을 만 들 때 참기름을 첨가하듯 우리 삶에 영성도 빠뜨리면 안 될 필수 양념처럼 여기는 시절입니다. 만일 이런 요리법이 현대 인의 영적인 삶을 향상시키는 데 기여한다면 나 또한 무조건 지지할 것입니다. 그러나 일상과 분리된 영적 추구는 공허 할 뿐임을 우리는 너무도 잘 알고 있습니다. 삶을 넉넉하고 깊이 있게 만들고, 일상의 갈피갈피에 시원한 바람을 불어 넣어 생기를 넘치게 할 때만 영성은 그 의미를 지닌다는 말 입니다.

얼마전 성서를 읽다가 영靈이란 단어가 히브리어에서 어 떤 의미를 갖고 있는지 궁금해 사전을 뒤적였습니다. '영'이 란 단어에는 '트인 공간', '바람'이란 의미가 들어 있었습니다. 얼마나 상큼합니까. 가슴이 탁 트이는 것 같지 않습니까. 우리는 바람이 불 때 어디서 와서 어디로 가는지 모릅니다. 이런 바람의 신비와 자유로움처럼 하느님의 영도 그렇다는 의미입니다. 소위 무소부재無所不在의 하느님, 그 놀라운 영의 신비를 체험한 시인은 이렇게 고백합니다.

세상 만물의 가장 작은 조각들에도 신의 지문이 찍혀 있네.

남미 니카라과 출신의 수도사이자 시인인 르네스토 카르데날의 시구입니다. 만물의 가장 작은 조각들, 이를테면 나뭇잎이나 돌멩이 같은 존재에도 신의 지문이 찍혀 있다는 것입니다. 이 시인에게 만물 가운데 성스럽지 않은 존재란 없을 것입니다. "돼지의 맑은 두 눈에서도 성스러움은 드러나며, 폐결핵 환자가 뱉은 침도 카리브해의 맑은 바닷물만큼이나 깨끗하다"고 노래하니 말입니다. 도대체 어떻게 이런 맑고 깊은, 성속의 이분법을 훌쩍 벗어난 눈을 지닐 수 있을까요.

나의 노모 역시 무심코 그것을 내게 일러주었습니다. 하느님은 교회나 성당에 더 많이 계시고 들판이나 저잣거리나 장독대 같은 곳에 더 적게 계신 것이 아니라고. 우리가 어리석음을 벗지 못해 하느님을 어떤 특정한 공간에 가둔다 한들 하느님이 그런 공간에 갇혀 계시겠느냐고. 울타리 없는 하늘처럼 광활한 자유를 누리시는 하느님은 우주 공간 어디에도 갇히실 분이 아니지 않느냐고.

당신께서 누리시는 그런 광활한 자유를 우리도 누리길 하느님은 바라십니다. 그래서 자유를 꽃피울 씨앗을 우리 안에 꼭꼭 심어주셨습니다. 우리의 삶은 바로 그 씨앗을 싹틔울 성스러운 묘판에 다름 아니지요.

농업박물관 소식 - 우리 밀 어린 싹

<농업박물관 소식—우리 밀 어린 싹>_이문재

만일 지금 예수가 오신다면
십자가가 아니라 똥짐을 지실 것이라는
권정생 선생의 글을 읽었다

점심 먹으러 갈 때마다 지나다니는 농업박물관
앞뜰에는 원두막에 물레방아까지 돌아간다
원두막 아래 채 다섯 평도 안 되는 밭에
무언가 심어져 있어서 파랬다
우리 밀, 원산지: 소아시아 이란 파키스탄이라고 쓴
푯말이 세워져 있었다

농업박물관 앞뜰
나는 쪼그리고 앉아 우리 밀 어린 싹을
하염없이 바라다보았다
농업박물관에 전시된 우리 밀
우리 밀, 내가 지나온 시절
똥짐 지던 그 시절이

미래가 되고 말았다
우리 밀, 아 오래된 미래

나는 울었다

문학은 기억의 힘에 의존합니다. 오늘 내가 먼지 자욱이 덮인 기억의 헛간에서 찾아낸 것은 오래도록 방치해둔 나의 '아버지의 농업'입니다.

아버지의 농업은 기계가 없던 시절의 농업이었습니다. 아버지의 농업은 거칠어진 손과 발을 부지런히 움직여야 했던 소규모 자작농이었습니다. 큰 일꾼 중의 일꾼인 황소를 앞세워 쟁기로 땅을 갈고 엎고, 황소가 끄는 수레로 가을 들녘에 탱탱히 여문 낟알들을 집안으로 들여놓던 시절의 농업이었습니다. 인비人肥가 막 나오기 시작했으나, 땅심을 돋우기 위해서 인분人糞과 퇴비를 넣어 짓던 농업이었습니다.

새벽잠이 없던 아버지는, 농한기에는 뒷간에 쌓인 거름을 손수 거름지게로 져다가 밭을 걸구었지요. 밭은 십리를 걸어야 하는 먼 길이었으나 아버지는 어머니가 아침밥을 차려 놓을 무렵이면 벌써 밭에서 돌아와 빈 거름지게를 뒷간 앞에 훌떡 벗어놓곤 하셨지요. 거름 냄새가 온 집안에 구린 냄새를 풍기며 코를 찔렀으나 밥상 앞에 앉은 식구들은 아무도 코를 막거나 얼굴을 찡그리지 않았어요. 상 위에 놓인 먹거리와 거름의 순환과정을 직접 보고 냄새 맡고 몸으로 겪었기 때문입니다.

아직 어린 나이였지만, 나는 아버지의 농업에서 밥과 똥을 둘로 갈라서 생각할 수 없었어요. 밥과 똥의 이원화二元化는 인비가 확대되고 기계농으로 바뀌면서 생겨난 현상입니다.

밥과 똥의 이원화는 자연의 순환 원리를 거스르는 것. 적어
도 아버지의 농업에서 농심農心은 천심天心이었으나, 이젠 그
런 천심을 품은 농심을 찾아보기는 어려운 세상이 되었지요.
　이문재 시인의 〈농업박물관 소식〉은 이런 농심의 사라짐
을 슬퍼하는 듯이 보입니다.

　　농업박물관 앞뜰 / 나는 쪼그리고 앉아 우리 밀 어린 싹을 / 하
　　염없이 바라다보았다 / 농업박물관에 전시된 우리 밀 / 우리 밀,
　　내가 지나온 시절 / 똥짐 지던 그 시절이 / 미래가 되고 말았다

　아버지의 농업은 이제 농업박물관으로 들어가고 말았지
요. 하늘마음天心을 품고 거름을 져 나르던 농심 역시 농업박
물관에 전시될 뿐이지요. 하지만 땅심을 걸구지 않는 농심은
하늘마음을 품지 못합니다. 편리와 효율에 눈이 멀어 땅심을
돌보지 않는 농업은 우주의 순환 원리에서 멀어집니다.
　대지 위에 살아 있는 생명의 순환 질서에 민감했던 예수
는, 한 알의 밀이 '땅'에 떨어져 죽어야만 살 수 있다고 했지
요. 예수는 하늘을 극진히 공경하는 분이었지만, '땅'에 충
실한 분이었어요. 생명의 근원에 닿은 이는 땅에 깊이 뿌리
내리는 법. 무슨 어려운 경전을 참고할 필요도 없이 가까이
선 나무만 보아도 우리는 그것을 눈치 챌 수 있습니다. 이 때
나무는 그 무엇보다 큰 경전 노릇을 하는 셈이지요.

아버지의 농업에서 밥과 똥이 둘이 아니듯, 예수에게 하늘
과 땅은 나누어 질 수 없는 것이었습니다. 하늘의 뜻을 땅을
통해 이루려는 것이 예수의 삶이었지요. 다시 말하면, 올곧
은 생명의 순환질서가 땅 위에 실현되도록 하려는 것이 예수
가 신명을 바쳐 가꾸려 한 하느님 나라였습니다.

만일 지금 예수가 오신다면 / 십자가가 아니라 똥짐을 지실 것
이라는 / 권정생 선생의 글을 읽었다

예수가 오신다면 왜 '십자가'가 아니라 '똥짐'을 질 것이
라고 시인은 표현한 것일까요. 십자가는 본래 한 알의 밀이
땅에 떨어져 죽듯이 '자기 부정'을 상징하는 것입니다. 하지
만 오늘날 십자가는 그 상징성을 잃고 목에 걸치는 액세서리
로 변해버리고 말았습니다. 예수가 다시 오신다면 '똥짐'을
지실 것이라고 하는 권정생의 말에 시인이 동감을 표시하는
것도 그런 까닭이 아닐까요.
내 아버지의 농업에서 직접 보았듯이, 똥짐 지는 일은 땅
심을 돋우는 일이며, 어그러진 생명의 질서를 바로잡고 온전
하게 가꾸는 일. 예수 역시 '아버지'(농부 하느님)의 뜻을 따
라 하느님 나라의 회복, 생명 질서의 회복을 위해 일하신 분
이지요. 그러니 시인은 그분이 다시 오신다면 급한 일 중의
급한 일, 생기를 잃어버린 땅심의 회복을 위해 '똥짐' 지는

일을 하실 것이라고 한 것이 아닐까요.

하지만 새파란 싹을 틔운 우리 밀은 '박물博物'이 되어 농업박물관에 전시되어 있을 뿐. 똥짐을 져 나르며 땅심을 돋우던 아버지의 농심은, 아니 그 천심은 무슨 모형처럼 남아 있을 뿐. 똥짐 지듯 그렇게 하늘 아버지의 마음을 품고 땅심을 풍요롭게 돋우던 예수의 삶도, 그 후예들에 의해 이어지지 못하고 '박물'이 되어 있는 것은 아닐까요. 박물관 앞뜰에 앉아 우리 밀 어린 싹을 하염없이 바라보는 시인처럼 우리는 예수의 재림再臨만을 멍하니 앉아 기다려야 하는 걸까요.

우리 밀, 내가 지나온 시절 / 똥짐 지던 그 시절이 / 미래가 되고 말았다 / 우리 밀, 아 오래된 미래 // 나는 울었다

시인은 그러나 '똥짐 지던 그 시절'을 과거로 치부해 버리지 않습니다. 가난하지만 자족하고, 자립하고, 자존하던 그 시절이 돌아오기를 간절히 빌고 있습니다. 하지만 그 시절은 '미래'가 되고 말았습니다. '아, 오래된 미래!' 그래서 시인은 웁니다.

나도 울었습니다. 내 기억의 헛간에서 새삼스레 찾아낸 아버지의 농업을 생각하면서, 우리 곁에 다시 오신다면 똥짐을 지고 걸어가실 예수의 하늘 농업을 떠올리면서!

십자가

<십자가>_윤동주

쫓아오는 햇빛인데
지금 교회당 꼭대기
십자가에 걸리었습니다.

첨탑이 저렇게도 높은데
어떻게 올라갈 수 있을까요.

종소리도 들려오지 않는데
휘파람이나 불며 서성거리다가,

괴로웠던 사나이,
행복한 예수 그리스도에게
처럼
십자가 허락된다면

모가지를 드리우고
꽃처럼 피어나는 피를

어두워가는 하늘 밑에
조용히 흘리겠습니다.

한국의 어느 시인이 유럽에서 열린 시낭송회에 참석했을 때의 일입니다. 그의 시낭송을 들은 한 독자가 질문을 던졌습니다. "당신은 신을 믿습니까?" 시인이 대답했습니다. "저는 신을 낭비하지 않습니다." 시인이 이렇게 대답하게 된 것은, 문득 한국의 밤하늘에 헤아릴 수 없을 정도로 떠 있는 십자가가 떠올랐기 때문이었다고 합니다. 밤의 서울을 공동묘지처럼 보이게 하는 붉은 네온 십자가! 정말이지 많습니다. 십자가가 많은 것이 무슨 문제냐, 그만큼 예수의 정신이 생생히 살아 있는 증거가 아니냐고 반문할 수도 있겠지요. 그러면 얼마나 좋겠습니까. 문제는 그런 '신의 낭비'가 십자가의 진정한 의미를 살려내고 있지 못한다는 데 있습니다.

십자가가 무엇입니까. 흉악한 죄인을 매달아 죽이던 형틀이자 유대 땅을 식민지로 삼은 로마제국이 자신들의 통치에 반대하는 자들을 죽이던 처형도구가 아니던가요. 예수 역시 로마 세력과 거기에 빌붙은 유대 기득권자들에게 눈엣가시로 여겨져 십자가에 못 박히셨지요. 그런데 오늘날 예수의 숭고한 정신을 받든다는 교회는 십자가의 참뜻을 얼마나 헤아리고 있는지, 솔직히 회의가 생깁니다. 가난하고 힘없고 고통받는 자들의 편에 서야 하는 교회가 소수의 가진 자를 옹호하고 있지는 않은지요.

이미 1970년대에 시인 김지하는 〈금관의 예수〉라는 희곡을 무대에 올려, 예수의 정신을 상실한 한국 교회에 경종을 울렸습니다. 우리 사회의 기득권층을 옹호하는 세력이 되어 버린 교회. 그는 그런 교회가 시대의 아픔을 외면하고 자기 배 불릴 생각에 급급한 나머지 예수의 머리에 '금 면류관'을 씌웠다고 생각했습니다. 가난하고 힘없는 자들 곁으로 오신 예수, 그 '지극히 낮으신' 분에게 고통과 희생의 상징인 가시 면류관 대신 금관을 씌워 저 '높은 자리'로 올려놓은 한국 교회를 통렬하게 비판했지요.

거친 시대의 물결을 거슬러 퇴색해버린 예수의 정신을 복원하려 했던 이는 김지하 시인뿐만이 아니었습니다. 그 이전에 시대의 도도한 물결에 죽은 물고기처럼 순응하기를 거부했던 선각자가 있었습니다. 암울하기 짝이 없던 식민지 백성으로서 동족이 당하는 아픔을 자기 아픔처럼 끌어안고 가려 했던 아름다운 청년 윤동주 시인.

쫓아오는 햇빛인데 / 지금 교회당 꼭대기 / 십자가에 걸리었습니다. // 첨탑이 저렇게도 높은데 / 어떻게 올라갈 수 있을까요.

그 시절에도 십자가를 매단 첨탑이 꽤 높았던 모양입니다. 첨탑 밑에서 서성거리는 시인은 한껏 고개를 쳐들고 묻습니다. 가까이 하기엔 너무 높은 곳에 계신 당신. 번쩍거리는 후광을 두른 '금관의 예수'. 아, 당신께 '어떻게 올라갈 수 있을까요.' 한 시인은 저 무거운 금관을 벗겨드려야 한다고 생각하지만, 또 한 시인은 높은 첨탑 밑에서 발만 동동 구릅니다. 한 시인은 '우리를 구원하실 그분, 그분은 어디에 계실까'(김민기 작곡, 〈금관의 예수〉) 하고 소리치지만, 또 한 시인은 헐벗은 마음속에 '괴로웠던 사나이'의 영상을 조용히 받아들입니다. 그리고 그 영상을 자기 속에 내면화합니다.

괴로웠던 사나이, / 행복한 예수 그리스도에게 / 처럼 / 십자가가 허락된다면 // 모가지를 드리우고 / 꽃처럼 피어나는 피를 / 어두워가는 하늘 밑에 / 조용히 흘리겠습니다.

흑암이 깊어만 가는 시대. 검은 잉크를 찍어 그가 종이에 쓴 글자들이 꽃처럼 피어나는 피로 바뀌지 않았을까요. 그렇습니다. 그가 쓴 시는 곧 '피로 쓴 시!'(니체)였습니다. 모름지기 이런 표현은 윤동주 같은 시인에게나 어울리는 것이겠지요. 마침내 십자가 위에서 피 흘리는 예수의 영상을 내면화한 시인에게, 십자가는 '허락'되고 말았습니다. 자기보다 앞서 가신 스승의 가르침, 곧 한 알 씨앗의 죽음 없이 새 생명을 싹 틔울 수는 없다는 것을 시인은 또렷이 자각하고 있었으니까요.

십자가라는 말에 너무 쉽게 따라붙는 자기 비움, 희생, 사랑, 화해 같은 말들은 사실 '나'를 깨뜨리지 않고는 공허하기짝이 없다는 것도 시인은 잘 알고 있었지요. 알 껍질이 깨어지지 않고 생명이 탄생할 수 없는 것처럼. 그래서 윤동주는 끝내 자기를 깨뜨려 괴로웠던 사나이, 행복한 예수 그리스도의 화신이 되었습니다. 스물아홉이라는 꽃 같은 나이에 이국 땅 차디찬 감옥에서 겨레의 독립을 꿈꾸던 비상의 날개가 꺾이고 말았습니다.

인생은 살기 어렵다는데
시가 이렇게 쉽게 씌어지는 것은
부끄러운 일이다.
육첩방六疊房은 남의 나라
창밖에 밤비가 속살거리는데,
등불을 밝혀 어둠을 조금 내몰고,
시대처럼 올 아침을 기다리는 최후의 나,
나는 나에게 작은 손을 내밀어
눈물과 위안으로 잡는 최초의 악수.
_윤동주, 〈쉽게 씌어진 시〉 부분

'시가 이렇게 쉽게 씌어지는 것은 부끄러운 일이다'라는 윤동주의 고백은 시를 쓰는 우리를 부끄럽게 만듭니다. 그는 자신이 밝힌 등불이 어둠을 '모두' 내몰 수 있다고 생각하지 않습니다. 그저 '조금 내몰고'라고 말합니다. 저 광포한 세계에 비해 자신이 얼마나 연약한지도 알지만 밝아올 희망의 아침을 기다리며 조금이나마 세상의 어둠을 몰아내려고 애쓸 뿐입니다. 그의 시가 지금도 뭉클한 감동을 주는 까닭은 그가 독립투사였기 때문이 아니라 여리고 연약한 청년이 끝끝내 지켜내려고 애쓴 뜨거운 자존감 때문인지도 모릅니다.

'죽는 날까지 하늘을 우러러 한 점 부끄러움이 없기를' 빌었던 맑고 순수한 시심詩心과 '별을 노래하는 마음으로 모든 죽어가는 것을 사랑해야지'(《서시》)라는 다짐에서 드러나는 뜨거운 생명애. 윤동주의 시는 오늘의 우리 삶을 비춰볼 '파란 녹이 낀 구리거울'입니다. 윤동주가 구리거울에 자신을 비춰보며 '한 줄의 참회록'을 쓴 것처럼 오늘 우리도 자신만의 거울을 닦고 참회록을 써야겠습니다. 하느님이 선물로 주신 사람의 소중한 자존감마저 팽개치고 살아가는 우리의 왜소하고 나약해진 품성에 대해. 십자가로 표상되는 예수의 사랑과 자유의 정신을 잃어버리고 살아가는 우리의 천박한 모습에 대해 참회록을 써야겠습니다.

4월의 환희

〈4월의 환희〉_이해인

깊은 동굴 속에 엎디어 있던
내 무의식의 기도가
해와 바람에 씻겨
얼굴을 드는 4월

산기슭마다 쏟아놓은
진달래꽃
웃음소리
설레는 가슴은
바다로 뛴다

나를 위해
목숨 버린 사랑을 향해
바위 끝에 부서지는
그리움의 파도

못 자국 선연한

당신의 손을 볼 제
남루했던 내 믿음은
새 옷을 갈아입고

이웃을 불러 모아
일제히 춤을 추는
풀잎들의 무도회

나는
어디서나 당신을 본다
우주의 환희로 이은
아름다운 상흔을
눈 비비며 들여다본다

하찮은 일로 몸살하며
늪으로 침몰했던
초조한 기다림이

이제는 행복한
별이 되어
승천한다

알렐루야
알렐루야

부활하신 당신 앞에
숙명처럼 돌아와
진달래 꽃빛 짙은
사랑을 고백한다

진달래 철쭉 같은 꽃들이 피어나는 4월의 산야는 아기의 연분홍 뺨처럼 곱습니다. 나뭇가지마다 새순이 돋고 고운 아지랑이가 대지의 숨결처럼 피어오르는 봄날이면 그리움으로 떠오르는 큰 바위 얼굴 하나. 치렁치렁한 어둠이 마음을 짓누르고, 내 영혼의 길잡이가 되어줄 또렷한 별자리마저 잃어버려 막막해질 때면 그에 대한 그리움이 한층 더해집니다. 누구냐고요? 어떤 신앙의 선배가 '그 얼굴 하나 보러 왔지!'라고 했던 바로 그분. 무려 이천 년 전 영원한 생명을 갈망하는 이들을 위해 자기 목숨을 초개처럼 버린 분. 황량한 언덕 위에서 물과 피를 쏟으며 숨겨갔던 젊은 사내. 그러나 그 지극한 사랑의 숨결은 면면히 이어져 지금도 그를 기억하는 모든 이들의 영혼에 봄을 가져다주는 분. 그 이름만 불러도 가슴이 뜨거워지고, 천만인의 사랑을 받는 연인이 되신 분! 그분이 누군지 눈치 채셨겠지요?

예수 그리스도! 내가 그분을 만난 건 아주 어렸을 때입니다. 본디 약한 몸으로 태어난 나는 자주 아팠습니다. 당시 우리 집 바로 옆에는 작은 교회가 있었는데, 교회에는 좀 뚱뚱하고 얼굴이 검은 젊은 목사님이 사셨습니다. 그분은 너무 가난하여 염소를 기르고 양봉도 하며 생계를 꾸려가셨습니다. 어느 날은 내가 동네 아이들과 교회 마당에서 놀다가 발목을 삐끗하고 넘어졌습니다. 아파서 괴로워하고 있는데 그 목사님이 다가와 나를 번쩍 안고 목사관으로 데려갔습니다.

그러고는 더운 물을 받아놓은 세숫대야에 발을 담그게 하고 내 아픈 발목을 오래도록 주물러주었습니다. 그러면서 나지막이 뭐라뭐라 내 귓전에 속삭여주었습니다. 그 속삭임은 아마도 기도였겠지요. 나는 그분의 기도를 통해 처음으로 예수의 이름을 들었습니다. 아무튼 신기하게도 발목의 통증이 싹 가시었습니다. 아주 오래된 기억이지만, 그후로도 예수의 이름을 들으면 그분의 따뜻한 손길이 떠오르곤 했습니다.

내 안에 갈무리된 소중한 기억의 싹 때문일까요. 나는 예수의 부활을 믿는 것이 어렵지 않았습니다. 그 목사님이 보여주신 사랑의 손길을 통해 예수의 현존을 알게 되었으니까요. 예수의 육신은 여느 사람들처럼 지상에서 소멸되었지만, 그 사랑의 숨결은 살아서 그분을 기리는 이들의 삶을 일으켜 세웁니다. 비루하고 누추한 오늘의 내 모습마저 용납하시고 항상 새 사람으로 거듭나도록 용기를 북돋아줍니다. 이해인 수녀의 고백이 더 큰 공감으로 다가오는 것도 그래서입니다.

나를 위해 / 목숨 버린 사랑을 향해 / 바위 끝에 부서지는 / 그리움의 파도 // 못 자국 선연한 / 당신의 손을 볼 제 / 남루했던 내 믿음은 / 새 옷을 갈아입고 // 이웃을 불러 모아 / 일제히 춤을 추는 / 풀잎들의 무도회 // 나는 / 어디서나 당신을 본다 / 우주의 환희로 이은 / 아름다운 상흔을 / 눈 비비며 들여다본다

참 아름다운 수도자다운 고백입니다. 이미 이천 년 전에 하느님 품으로 돌아가신 분이지만 지금도 어디서나 '당신'의 현존을 경험한다는 것. 그리고 예수의 부활생명이 드러내는 '우주의 환희'는 여전히 그분이 떠메고 갔던 십자가의 '아름다운 상흔'과 이어져 있다는 것. 시인은 우리에게 어떤 다짐을 이야기한 것일까요. 시인은 예수의 부활생명에 참여함으로서 우주의 환희를 맛봅니다. 즉 하느님과의 합일에서 오는 환희 말입니다. 그러나 그 환희에 취해 자기 곁에서 고통받는 이들을 외면하지 않겠다고 다짐합니다. 그것이 어떤 상흔을 남길지라도 이웃의 아픔을 내 아픔처럼 보듬어 안겠다는 말이지요. 이처럼 우리 안에 사랑이 싹틀 때 우리는 다시 태어납니다. 이것이 곧 거듭남이며 부활이지요.

어떤 기자가 마더 테레사 수녀님을 찾아와 물었습니다.

"수녀님은 어떻게 거리에 버려진 고아들, 병자들, 노인들을 데려다 돌보며 그토록 사랑할 수 있습니까?"

수녀가 사랑스런 눈길로 기자를 바라보며 대답했습니다.

"내 눈엔 그들이 모두 그리스도로 보입니다."

어떻게 이처럼 깊고 아름다운 눈을 지닐 수 있을까요. 타인은 물론 자기 안에 살아계시는 부활한 예수 그리스도의 생명이 테레사 수녀 속에 현존하고 있었기 때문이겠지요. 자기 안에 현존하지 않는 것을 몸으로 실천하는 것은 사실상 불가능한 일이 아닙니까. 이런 신앙의 차원은 몸소 체험한 자가 아니면 드러내기 어려운 일입니다. 이처럼 우리가 살아서 예수 그리스도의 부활의 증인으로 사는 것을 사도신경에서는 '몸의 부활'이라고 합니다. 여기서 '몸'의 부활이라는 것은 썩어질 우리의 육신이 죽었다가 나중에 다시 살아난다는 말이 아니라, 살아 있는 우리가 이기적인 자아ego에서 죽고 이타적인 자아, 곧 예수 그리스도와 같은 '사랑의 몸'으로 다시 태어난다는 의미입니다. 동양적인 표현을 빌면 소아小我가 죽고 대아大我로 다시 태어난다는 말입니다.

자, 이런 몸의 부활 말고 또 다른 차원의 부활도 있습니다. 그것을 사도신경에서는 '영원히 사는 것을 믿는다'고 고백합니다. 흔히 '영생永生'이라고 부르는 것인데, 이것은 정말 헤아리기 어려운 신비한 차원에 속합니다. 아무도 죽은 뒤에 나타날 부활을 경험하고 돌아온 사람은 없으니까요. 어떤 신학자는 이 부활을 강물과 씨앗의 비유로 재미있게 표현합니다.

도도히 흐르는 강물이 긴 여행 끝에 바다로 막 들어가며 자신의 강됨을 상실하는 것이 십자가라면 바다로 화한 상태가 부활이요, 축축한 흙 기운에 씨앗이 두꺼운 껍질을 깨고 씨의 형체로서 죽은 것이 십자가라면, 대지 밖으로 싹을 내듯 시간과 공간 너머로 생명을 토한 것이 부활이리라. _곽노순

그러나 많은 현대인들은 이런 차원의 부활을, 입기 싫은 옷을 껴입은 것처럼 불편해하고 부정하기까지 합니다. 소위 합리적 이성의 세례를 받은 이들은 부활을 인정하려 하지 않습니다. 그 '모름'의 신비로운 세계를. 나는 우리가 경험하고 인식할 수 없는 '모름의 세계'라 해도 무턱대고 부정하고 싶지는 않습니다. 왜냐하면 예수가 무덤을 깨뜨리고 다시 사셨다는 부활에 대한 신앙은 캄캄한 무덤 속 같은 절망을 이길 힘을 주기 때문입니다. 평생을 수도자로 산 이해인 수녀의 고백은 우리에게 그것을 일러줍니다.

죽음보다 갑갑하고 어둡던 시간
당신의 부재로 하여
아픔이 피와 같던 시간을 탄식하며
무덤 밖에서 절절히
목메어 울었었거니

굳게 닫힌 무덤의 문
홀홀히 죽음의 옷 벗으시고
이렇게 찬란히
빛 속으로 살아오셨습니다
_이해인, 〈막달레나의 노래〉 부분

이 시를 음미해보면, 부활은 생명과 희망의 빛을 잃어버린 영혼에게 다시 그 빛을 되돌려준 놀라운 사건입니다. 이 사건은 물론 그 빛을 체험한 사람만이 알 수 있습니다. 그래서 이 두 번째 차원의 부활을 무한한 신비, 하느님의 신비라고 말한답니다. 이런 신비 앞에서 우리가 할 수 있는 일은 겸허한 마음으로 우리 자신을 하느님께 내맡기는 것밖에 없습니다. 왜냐하면 그런 부활은 우리 인간의 노력으로 쟁취할 수 있는 것이 아니기 때문입니다. 다만 우리는 이 아름다운 수도자 시인처럼 은총의 눈을 얻어 '환한 대낮에도 하늘의 별들과 속삭일 줄 아는 사람'이 되는 것입니다.

바울 성인 역시 대낮에도 하늘의 별들과 속삭일 줄 아는 사람이었습니다. 그래서 이렇게 고백했지요. '나는 그리스도와 함께 십자가에 못 박혔으니, 이제 내 안에 살고 있는 것은 내가 아니라 그리스도이다.'(갈 2: 20) 바울 성인에게는 그리스도가 곧 하늘에 빛나는 아름다운 별이었지요. 바울의 이런 고백은 오늘 우리가 걸어갈 또렷한 이정표이기도 합니다. 그 이정표를 잘 따라가면, 성인이 우주의 한 송이 꽃이 되었듯이 우리도 세상을 향기롭게 하는 우주의 한 송이 꽃으로 피어날 수 있을 것입니다.

예수의 부활!

그것을 기리는 절기가 봄이라는 것이 참 다행입니다. 세상살이에 이리저리 채이며 무덤 속 같은 절망 속에서 몸살을 앓다가도, 내 아픈 발목을 어루만져주었던 눈부신 사랑의 기억을 까맣게 잊어버렸다가도, 진달래꽃이 피어나는 봄이 되면, 지금도 우리 곁에 살아계시는 '그 얼굴 하나'를 또렷이 볼 수 있으니까요. 그래서 봄春은 봄見이기도 하다는 말이 생긴 것일까요.

그대 있음에

<그대 있음에>_김남조

그대의 근심 있는 곳에
나를 불러 손잡게 하라
큰 기쁨과 조용한 갈망이
그대 있음에
내 맘에 자라거늘
오, 그리움이여
그대 있음에 내가 있네
나를 불러 손잡게 해

그대의 사랑 문을 열 때
내가 있어 그 빛에 살게 해
사는 것의 외롭고 고단함
그대 있음에
사람의 뜻을 배우니
오, 그리움이여
그대 있음에 내가 있네
나를 불러 그 빛에 살게 해.

사랑하는 이의 손을 잡아본 적이 있는지요? 마주잡은 손에서 촉촉하게 배어나오는 전율의 물기에 젖어본 적은요? 젊은 남녀가 사랑을 시작할 때 처음으로 나누는 육체적 접촉은 상대의 손을 잡는 것입니다. 연인들에게 손은 뜨거운 가슴을 이어주는 달콤한 다리가 되지요. 손에 눈이 달린 것도 아니지만, 연인들은 마주잡는 손의 감촉만으로도 서로의 내면을 읽을 수 있습니다. 사랑한다는 백 마디 말보다 쌀쌀한 공기를 가르고 온 연인의 섬섬옥수를 따스한 손길로 잡아주는 것이 사랑의 밀도를 한결 높여주기도 하니까요.

김남조 시인의 〈그대 있음에〉는 이런 사랑의 핵심을 콕 집어내줍니다. 나를 부르는 이를 향해 손 내미는 것이 사랑이라고. 그래서 그대의 근심을 함께 근심하며 그대의 생의 시간을 새싹처럼 파릇파릇 부풀게 하고 싶다고. 그러니 어서 나를 불러 손잡게 하라고. 이처럼 뜨거운 떨림으로 다가가 손을 맞잡는 시인의 사랑법을 낡은 것이라고 폄하하는 이도 있겠지요. 한물간 고전적 사랑에 불과하다고. 그러나 시인은 '사는 것의 외로움과 고단함' 속에서도 우리가 단단히 붙잡고 가야 할 생의 황금나침판, 그것은 사랑뿐이라고 말합니다.

그런데 왜 그토록 숭고한 사랑이란 말이, 높은 바지랑대를 받친 빨랫줄에 펄럭이는 아기의 흰 기저귀처럼 빛나지 않을까요. 그 숭고한 빛이 바래버린 것은 아닐까요. 비루하고 누추한 것들에 붙잡힌 우리의 삶이 사랑이란 말을 낡은 말로 변질시켜버린 것은 아닐까요. 잎사귀만 무성한 식물처럼 내 안에 자라난 이기심과 탐욕이 사랑이란 말을 빈 쭉정이로 만들어버린 것은 아닐까요. 하여간 키에 올려놓고 까불면 빈 쭉정이처럼 팔랑팔랑 날아갈 헤프디헤픈 말, 사랑! 누가 이 박제로 화해버린 사랑이란 말에 새 숨결을 불어넣을 수 있을까요. 그것은 어쩌면 깨어 있는 이들의 몫이 아닐까요.

큰 기쁨과 조용한 갈망이 / 그대 있음에 / 내 맘에 자라거늘 / 오, 그리움이여 / 그대 있음에 내가 있네

시인은 사랑해야 한다고 그 당위를 말하지 않습니다. 높은 단상에 서서 목청 높여 외치는 설교자처럼 말하지 않습니다. 시인은 그대가 있어 내가 있다고 노래합니다. 사람조차 사물화하는 세상에서는 우리가 만나는 상대를 '그대'가 아니라 '그것'으로 취급하지요. 물건처럼 말입니다. 그래서 《너와 나》라는 책을 쓴 마틴 부버는 "진리의 진지함으로 말하노니 그대여, 사람은 '그것' 없이는 살지 못한다. 그러나 '그것'만 가지고 사는 사람은 사람이 아니다"라고 했습니다.

아마도 시인은 이런 부버의 말에 전적으로 동의하면서 '그대'를 품지 못한 사람은 사람도 아니라고 했겠지요. 그는 한 걸음 더 나아가 뜨거운 그리움으로 '그대가 있어 내가 있다'

며, 그 지극한 깨달음의 기쁨을 노래합니다. 이런 깨달음의 기쁨은 '내가 있어 그대가 있다'는 이기의 울타리를 훌쩍 뛰어넘게 합니다. 높은 울타리를 타고 넘어 환히 미소 짓는 나팔꽃처럼. '그대 있음'에 비로소 '큰 기쁨과 조용한 갈망이' 내 맘에 자란다고 노래하는 환희의 꽃, 사랑! 그 꽃의 다른 이름을 상생相生이라 부른다던가요?

우리는 하늘향기 머금은 그 꽃에서 오늘도 '사람의 뜻'을 배웁니다. 사람의 뜻이라니요? 그것은 위대한 사랑의 동심원 속에 그대와 내가 한 동아리로 뗄 수 없이 엮여 있음을 이르는 말이 아닐까요. 이런 인식이 결핍될 때, 우리는 그대 없이도 내가 존재할 수 있는 양 오만에 빠지고 맙니다. 그리고 사랑을 말만 번지르르한 립서비스 차원으로 끌어내리고 말게 됩니다. 진심이 결핍된, 말과 행위가 다른 사랑. 우리는 이런 사랑의 이중성으로 얼마나 자주 곁님들의 눈물과 아픔을 자아내었던가요. 그리고 그들의 가슴에 깊은 실망과 좌절을 안겨주었던가요.

영성의 시인 김남조는 우리가 잃어버린 사랑의 순수성을 회복하도록 부추깁니다. 우리 존재의 원천인 사랑의 뿌리로 돌아가도록!

사랑은
불모의 땅을 파헤쳐

제 뼈를 갈아 재로 뿌리고

천년을 두고 오늘

봄의 언덕에

한 그루 나무를 심을 줄 안다.

_〈사랑은〉 부분

  사랑 없는 가슴은 풀 한 포기 자라지 못하는 사막과도 같습니다. 생텍쥐페리가 '사막이 아름다운 것은 어딘가 오아시스가 숨어 있기 때문이야!'라고 했는데, 사랑이야말로 팍팍한 인간 세상에 물길을 내어 적셔주는 오아시스가 아니겠습니까. 슬픔과 괴로움 많은 세상에서 지치고 병들고 구멍투성이인 당신이 꼿꼿이 서 있을 수 있도록 지주목처럼 떠받쳐주는 사랑. 숱한 상처로 멍든 당신의 일그러진 얼굴을 보듬어주고, 배고프고 추운 당신에게 따스한 밥이 되고 짤짤 끓는 아랫목이 되어주는 사랑.

  아직도 나는 시인이 노래하는 경지에 오르기는 무망한 처지이지만, '제 뼈를 갈아 재로 뿌리'는 자기 비움의 사랑이야말로 이 '불모의 땅'에 파릇파릇한 생명의 봄을 움트게 하는 힘이라는 것만은 알고 있습니다.

  일찍이 사랑의 화신으로 지구별에 온 예수도 말했지요. "빛이 가장 잘 드는 네 방처럼, 네 삶에도 늘 빛이 잘 들게 하여라."(눅 11: 36)

당신과 나의 삶에 들여놓아야 할 빛, 사랑 말고 또 뭐가 있 겠습니까. 사랑이 유배된 시절을 살았던 예수, 그러나 그의 방은 언제나 사랑과 깨달음의 빛으로 가득했지요. 오늘 우리 의 방은 어떻습니까. 푸른곰팡이만 날아다니는 음습한 지하 실 같지는 않은지요.

오늘 우리가 거듭 되새김질해야 할 푸른 생명의 시구, '그 대 있음에 내가 있네 / 나를 불러 그 빛에 살게 해' 그렇습니 다. 우리 속에 사랑의 빛이 없다면, 우리의 삶은 음습한 지하 실과 같은 저급한 욕망을 벗어나지 못할 것입니다. 예수의 삶을 환하게 물들였던 사랑의 빛이 당신과 나를 물들일 때, 생명의 은어 떼 반짝이는 저 그리운 시냇가로 넘실넘실 흘러 갈 수 있겠지요.

경청

〈경청〉_정현종

불행의 대부분은
경청할 줄 몰라서 그렇게 되는 듯.
비극의 대부분은
경청하지 않아서 그렇게 되는 듯.
아, 오늘날처럼
경청이 필요한 때는 없는 듯.
대통령이든 神이든
어른이든 애이든
아저씨든 아줌마든
무슨 소리이든지 간에
내 안팎의 소리를 경청할 줄 알면
세상이 조금은 좋아질 듯.
모든 귀가 막혀 있어
우리의 행성은 캄캄하고
기가 막혀
죽어가고 있는 듯.
그게 무슨 소리이든지 간에,

제 이를 닦는 소리라고 하더라도,

그걸 경청할 때

지평선과 우주를 관통하는

한 고요 속에

세계가 행여나

한 송이 꽃 필 듯.

경청이나 침묵의 이미지로 음악 연주자를 떠올린다면 매우 낯설게 느껴질 수도 있습니다. 그러나 이탈리아 태생의 화가 오라치오 젠틸레스키의 작품 〈류트 연주자〉을 보고 있으면 꼭 그렇지도 않습니다. 류트를 손에 들고 있는 주인공이 귀 기울여 무언가를 경청하고 있는 모습은 언제 보아도 아름답고 자연스럽지요. 그녀가 곡을 구상하고 있는지, 아니면 마음으로 음악을 듣고 있는지는 모르겠습니다. 겨자색이 감도는 노란 드레스와 넉넉한 하얀 옷소매, 그리고 고운 목선과 가지런히 땋은 머리 사이에 쫑긋 열린 귀, 내면의 깨달음을 간직한 듯한 해맑은 얼굴은 '경청'의 이미지를 연상하기에 충분합니다.

연주자를 다루고 있음에도 이 그림은 지극히 정적입니다. 이런 정적이고 고요한 분위기는 주인공이 진솔한 기도를 올리는 것처럼 느껴지게 만듭니다. 그림 읽어주는 수녀로 유명한 웬디 베게트는 말합니다. 음악도 시나 미술작품처럼 일종의 기도로서 하느님을 우리 가슴에 모실 수 있는 성스러운 촉매가 된다고. 여기서 우리는 왜 모든 종교의식에서 음악이 빠지지 않고 등장하는지 이해할 수 있습니다. 결국 신과의 만남에 있어서 경청이 필수적이기 때문입니다.

신과 소통하려는 종교의 차원이 아니더라도, 온 마음을 기울여 듣는 경청은 우리 삶의 품격을 높여줍니다. 시인 정현종이 경청을 노래하는 까닭도 바로 여기에 있습니다. 그는 본래 '떨어져도 튀는 공처럼' 삶의 가벼움을 즐겨 노래해온 시인입니다. 그런 그가 경청하지 않으면 안 된다고 준열하게 목소리를 높이는 까닭은 무엇이겠습니까. 타인의 삶에 귀 기울일 줄 모르는 우리 삶의 태도가 '불행'과 '비극'을 불러오기 때문입니다. 진정 아름답고 애틋한 관계라면 '경청'의 큰 귀가 너펄거려야겠지요. 수다스런 입에 침묵의 지퍼를 채워놓고, 귀를 열어 '너'의 말을 조용히 경청할 줄 알아야 한다는 말입니다. 하지만 나 역시 그러지 못할 때가 많습니다.

얼마 전에는 친구에게서 걸려온 전화를 받고 나서, '그런데 친구가 왜 전화를 했지?' 하는 의문이 문득 뒤통수를 때리더군요. 나만 혼자 너무 많이 떠들어대고 친구가 하는 말을 귀 기울여 듣지 않았던 것이지요. 혼자만 떠들고 듣지 않았으니 그건 대화가 아니라 독백에 불과했습니다. 나는 탁자에 놓인 전화기를 바라보며 혼자 중얼댔지요. '미안해, 친구! 우리가 서로 전화는 했지만, 통화는 못했어. 다음부터는 조심할게!'

우리는 듣는 것에 별로 주의를 기울이지 않습니다. 마음을 기울여 듣기보다는 서둘러 자기 안에서 솟구치는 말을 뱉어내기에 바쁩니다. 내 속의 말을 쏟아내지 않으면 큰 손해라도 보는 듯이. 듣기보다 자기 말을 토해내기에 바쁜 사람은 이기적인 사람이기 십상입니다. 상대를 배려하지 않고 혼자만 떠드는 사람과 만나고 나면 괜히 불쾌해집니다. 사실 끊임없이 지껄이는 사람은 아무도 자기 말에 주의를 기울이지 않는다는 것을 모릅니다.

듣지 않는다는 것은 상대를 신뢰하기를 두려워하거나 겁내고 있음을 뜻합니다. 또한 듣지 않는다는 것은 타인과 늘 분리되어 있음을 뜻하고, 스스로 벽을 쌓아 지옥을 선택한다는 것을 의미합니다. 지옥을 선택한다는 말은 왜소한 자아의 감옥에 갇혀 있다는 말이지요. 반대로, 마음을 기울여 듣는 사람은 자아의 좁은 감옥에서 벗어날 수 있습니다. 듣는 것을 소중히 여기는 사람은 상대를 신뢰하고, 상대에게 자기를 내어주며, 친밀한 대화를 통해 상대와 하나가 될 수 있습니다. 그 하나됨을 우리는 사랑이라고 부르지요. 마음을 기울인 경청에서 사랑은 꽃피며, 나와 너 사이에 풍요로운 사랑의 강물이 흐르게 됩니다.

시인은 '들음'을 소중히 여기는 사람입니다. 존재하는 것들의 소리는 물론 존재 배후의 신비로운 소리까지 들으려는 사람이지요. 정현종 시인은 우리가 마음을 열어 경청할 때, '지평선과 우주를 관통하는 / 한 고요 속에 / 세계가 행여나 / 한 송이 꽃 필' 것이라고 노래합니다. 그 '한 송이 꽃'이 상징하는 것은 무엇일까요. 사람과 사람 사이에 피어나는 사랑의 개화開花일 수도 있고, 사람과 하느님 사이에 꽃피는 합일의 기쁨일 수도 있습니다.

위대한 영성의 대가들은 말할 것도 없습니다. 그들은 눈의 역할보다 귀의 역할을 더 중요하게 여겼습니다. '봄'은 우리의 의식을 바깥으로 향하게 하고, '들음'은 우리의 의식을 자기 내면 깊은 곳으로 향하도록 하기 때문이지요. 예수의 충성스런 종이었던 마더 테레사 수녀가 그 좋은 모델입니다. 그는 '들음'을 수도생활 속에서 적극적으로 실천한 인물이지요.

"당신은 새벽마다 기도한다고 들었습니다. 하느님께 무슨 기도를 올리십니까?"
마더 테레사 수녀가 살아 있을 때 어느 기자가 찾아와 물었습니다. 수녀는 조용히 머리를 숙이며 대답했습니다.
"저는 듣습니다."
기자가 의아한 표정으로 다시 물었습니다.
"그러면 당신이 들을 때, 하느님께서는 뭐라고 말씀하십니까?"
수녀가 대답했습니다.
"그분도 들으십니다."

우리가 위대한 수도자의 깊은 속내를 다 헤아릴 수는 없습니다. 하지만 한 가지만은 분명한 것 같습니다. 참으로 성숙한 기도는 온 마음을 기울여 경청하는 데 있다는 것입니다. 그렇다면 이제 우리가 해야 할 일은 우리 영혼의 바탕이 들기에 알맞은 터가 되도록 해야겠지요. 우주만물과 친밀한 교감 속에 살던 한 인디언 시인의 말처럼, 우리는 '소리로 만들어진 집'이니 말입니다.

표현은 다르지만, 복음서에서는 예수를 가리켜 '말씀이 육신이 되었다'고 일컫습니다. 여기서 '말씀'은 물론 하느님의 말씀을 가리킵니다. 시를 '존재의 집'이라고 한 철학자 하이데거의 말을 빌리면, 하느님의 말씀이야말로 우리 존재의 집입니다. 이사야 예언자는 "들어라, 그러면 너희 영혼이 살리라"고 했습니다. 우리가 하느님의 말씀을 향해 활짝 나를 여는 순간, 하느님께 받아들여지는 구원의 사건이 일어난다는 뜻일 것입니다.

미욱한 나는 아직 이 신비를 다 헤아리지 못합니다. 하지만 그 신비의 문을 열기 위해 새벽마다 경청의 기도를 올립니다. 그러다가 '지평선과 우주를 관통하는 한 고요 속에' 내가 한 송이 꽃으로 피어나는 은총을 누릴지 누가 알겠습니까.

기탄잘리 11

찬미와 노래와 기도를 내버려 두세요!

문마저 모두 닫힌 이 사원의 외롭고 어두운 구석에서, 당신은 누구를 예배하는 것입니까? 당신의 신은 당신 앞에는 없다는 것을, 눈을 뜨고 보세요!

신께서는 농부가 팍팍한 땅을 가는 곳과 길 닦는 사람들이 돌을 깨는 곳에 계십니다. 그래서 그의 옷은 먼지로 뒤덮여 있지요. 당신의 신성한 망토를 벗어버리고 신처럼 당신도 먼지투성이의 저 흙으로 내려가세요.

구원이라고요? 이 구원을 어디서 찾을 수 있다는 말입니까? 우리 주主는 창조의 속박을 스스로 기꺼이 떠맡고 계십니다. 신은 영원히 우리 모두와 인연을 맺고 계십니다.

당신의 명상에서 뛰쳐나와 꽃과 향수를 멀리하세요. 당신의 옷이 해어지고 더러워진들 무슨 거리낌이 있겠습니까? 당신의 이마에 흐르는 땀과 노역 속에 신을 만나 그 곁에 서십시오.

유쾌한 소설 〈그리스인 조르바〉로 잘 알려진 니코스 카잔 차키스의 어릴 적 이야기입니다. 그의 어린 시절은 매우 불우했습니다. 당시 작가는 그리스의 작은 섬 크레타에 살았는데, 터키의 침략을 받아 그가 살던 작은 마을에도 잔인한 학살이 자행되었습니다. 그 다음날 아침, 그의 아버지는 겨우 여덟 살배기 아들 카잔차키스의 손을 잡아끌고 학살의 현장으로 데리고 갔지요. 커다란 대추야자나무가 있는 광장에 도착한 그의 아버지는 세 사람의 그리스인 사내들이 목이 매달린 채 죽어 있는 대추야자나무를 손가락으로 가리키며 소리쳤습니다.

"죽을 때까지 목이 매달린 이 사람들을 절대로 네 머릿속에서 사라지게 해서는 안 된다. 알겠지?"

아버지가 소리치자, 소년은 두려움으로 벌벌 떨며 물었지요.

"누가 그들을 죽였나요?"

"자유가 죽였어!"

소년의 아버지는 대추야자나무에 가까이 다가가 거기 매달린 시체에 키스까지 하라고 윽박지릅니다. 아버지의 명령을 차마 거역하지 못한 소년은 시체의 발에 입을 맞추었지요. 소년이 후들거리는 다리를 끌고 아버지를 따라 집으로 돌아오자, 초조하게 기다리던 그의 어머니가 소년을 끌어안으며 물었어요.

"도대체 어딜 갔었니?"

소년이 울먹이며 말을 못하자 그의 아버지가 대신 답변했습니다.

"예배를 드리러 갔었소."

이 이야기는 카잔차키스의 《영혼의 자서전》에 나오는 실화입니다. 자식을 훈육하는 방식치고는 참으로 과격한 방식이지요. 저절로 헉! 소리가 튀어나올 지경입니다. 소설가의 아버지는 사람들이 생각해 온 예배와 신에 대한 전통적 관념을 단순하면서도 강력한 방식으로 전복시켜버립니다. 억울하게 죽은 네 동족들을 결코 잊어서는 안 된다고, 자유를 쟁취하기 위해 죽은 그들의 발에 입 맞추는 것이 곧 '예배'라고! 어쩌면 이런 놀라운 발상의 능력을 가진 아버지 밑에서 자라났기에 카잔차키스는 그토록 훌륭한 작품을 쓸 수 있었는지도 모르겠습니다.

하여간 나는 이 이야기를 읽은 후 소위 예배에 대한 고정관념이 부서졌습니다. 그리고 신에 대한 틀에 박힌 인식도 산산이 부서졌습니다. 너나없이 많은 종교인들이 엿새 동안은 자기 욕망의 부추김을 따라 세속적으로 살다가 '거룩한 날', '거룩한 장소'를 찾아가 불안한 영혼을 달래고 자기를 괴롭히는 죄의식을 덜어내는 일을 반복하지요. 그리하여 그것이 하나의 타성으로 고착되면 그런 종교적 행위가 곧 신을 모신 성스러운 삶이라는 착각 속에 살아갑니다. 자신의 심장을 뛰게 만들고 피를 끓게 하는 생생한 삶의 문제는 도외시한 채!

삶을 공들여 만지는 예민한 촉수를 지닌 시인은 이런 나이브한 우리의 낡은 관념에 메스를 들이댑니다.

찬미와 노래와 기도를 내버려 두세요! / 문마저 모두 닫힌 이 사원의 외롭고 어두운 구석에서, 당신은 누구를 예배하는 것입니까? 당신의 신은 당신 앞에는 없다는 것을, 눈을 뜨고 보세요!

아마도 거룩한 때와 거룩한 장소를 찾아 신을 경배해온 이들은 시인의 이런 표현에 벌컥, 화를 낼지도 모르겠네요. 하지만 시인은 구체적인 삶의 현실을 내팽개친 채 성소를 찾고 성물을 숭배하는 행위에 대해 '눈을 뜨고 보라!' 며 질타합니다. 왜냐하면 사람들이 신성시하는 공간의 사물은 훼손되지 않을 만큼 신성하지 않기 때문입니다. 신성한 것을 존속시키고 신의 현존을 영속화하기 위해 사람들은 신상神像들을 제작합니다. 하지만 그렇게 만들어진 신, 감금된 신은 '인간의 그림자' 일 뿐이지요(아브라함 요수아 헤셸).

시인 타고르가 자기 시집에 붙인 제목 '기탄잘리' 는 벵골어로 '신께 바치는 노래' 란 뜻이라지요. 그토록 시인은 신을 사랑했지만 특정한 공간에 신을 가두는 것을 경계했습니다. 신이 특정한 장소에 매이게 되고, 성스러움이 공간의 사물과

연속된 속성에 매이게 되면, 우리의 삶은 그 순간부터 망가진다는 것을 알았기 때문입니다. 오늘날 크고 화려한 외양을 뽐내는 교회나 사원들을 보십시오. 썩은 과일처럼 부패한 냄새를 풍기고 하나같이 내리막길을 걷고 있지는 않습니까. 그래서 시인은 사원을 떠나 저 진흙투성이 삶의 바닥으로 내려가라고 권고합니다.

신께서는 농부가 팍팍한 땅을 가는 곳과 길 닦는 사람들이 돌을 깨는 곳에 계십니다. 그래서 그의 옷은 먼지로 뒤덮여 있지요. 당신의 신성한 망토를 벗어버리고 신처럼 당신도 진흙투성이의 저 바닥으로 내려가세요.

타고르의 대선배 뻘인 시인 카비르도 특정한 공간에 예속되지 말고 오히려 거룩한 순간을 마주하라고 노래했습니다.

오, 벗이여, 그대는 어디에서 나를 찾아 헤매는가? / 이보게, 나는 그대 곁에 있네. / 나는 성전이나 사원에도 없고 / 나는 그대들이 찾는 장엄한 신전이나 거룩한 산에도 없네……만일 그대가 진실한 구도자라면, / 지금 나를 볼 수 있을 텐데, 바로 / 지금 이 순간에……

그렇습니다. 팍팍한 땅을 경작하는 농부든, 길을 만들기 위해 돌을 깨는 석공이든, 카비르처럼 천을 짜는 직물공이든, 지금 이 순간 그가 진실한 마음으로 땀 흘려 일하는 삶의 자리에서 신의 숨결을 마주할 수 있다면, 그것이 곧 자신이 선물로 누리는 생의 시간을 성화하는 일이라는 것입니다.

예수 역시 제자들과 더불어 시간이 성화되는 황홀한 순간을 경험한 적이 있습니다. 어느 날 높은 산에 올라갔을 때였는데, 예수의 얼굴이 해와 같이 빛나고 그가 걸친 남루한 옷이 빛과 같이 희어졌습니다. 그리고 오래 전에 죽은 모세와 엘리야가 나타나 예수와 더불어 두런두런 이야기를 나누었어요. 그런 광경을 목도한 제자들은 얼마나 놀랍고 황홀했을까요. 베드로가 상기된 목소리로 입을 열죠. '주님, 우리가 여기 있는 것이 좋겠습니다. 원하시면 제가 여기에 초막 셋을 지어, 세 분을 모시도록 하겠어요.' 그런데 갑자기 구름 속에서 신비로운 소리가 들려왔습니다. '이 사람은 내가 사랑하는 아들이다. 나는 그를 좋아한다. 너희는 그의 말을 들어라.' 이런 기이한 체험을 한 뒤, 예수는 그곳을 떠나기 싫어하는 제자들을 데리고 산을 내려와 질병과 부자유로 고통받는 사람들이 있는 삶의 바닥으로 다시 내려갔지요.

그러니까 예수는 그 황홀한 내적 명상이나 신비체험 속에도 빠져 살지 않고 시인의 적절한 표현처럼 '창조의 속박을 스스로 기꺼이 떠맡'고 살았던 것입니다. 시인 타고르는 기독교인이 아니었지만, 바로 이런 대목에서 시차를 뛰어넘어, 종교의 차이를 뛰어넘어 예수가 보여주는 삶의 진실과 깊이 만나고 있구나, 하는 생각이 들더군요. 시인은 우리가 자기만족의 명상에 도취하고 혼자만의 즐거움에 빠지는 건 신의 자비로운 본성이 아니라고 여기는 것이 자명해 보입니다.

하지만 유한한 존재인 우리가 그런 자비를 실천하는 것은 결코 쉽지 않습니다. 시인 역시 거기에서 자유로워 보이지 않네요. 인간의 삶은 여러 겹의 무늬를 내장하고 있기 때문일까요

여기 님의 발판이 있는데, 거기 가장 가난하고 비천하고 길 잃은 사람들이 사는 곳에 님은 발은 머물러 있습니다.

님에게 경배를 올리고 싶사오나, 저의 예배는 가장 가난하고 비천하고 길 잃은 사람들 속에 발을 쉬고 계신 그 깊은 곳에는 닿을 수가 없습니다.

_〈기탄잘리 10〉 부분

먼지투성이 바닥으로 내려가라고, 그것이 진정한 예배라고 말하던 시인은 님의 발이 머물러 있는 그 '깊은 곳'에는 내려갈 수 없다고, 솔직한 속내를 고백합니다. 본래 인간 내면의 결은 이토록 여리고 나약한 것일까요. 하지만 성스러움에 뿌리내린 그 중심이 흔들리고 있는 것은 아닙니다. 바닥

에 있는 이들에 섞여 '발을 쉬고 계신' 님의 자비의 숨결을, 시인은 뜨거운 가슴으로 느끼고 있으니까요. 비록 소년 니코스처럼 두려움과 고통을 무릅쓰고 시신의 발에 입 맞추진 못할지라도. 영원히 푸른 청년 예수처럼 지치고 구멍 난 삶의 아픔이 있는 바닥으론 내려가지 못할지라도.

몸의 신비, 혹은 사랑

〈몸의 신비, 혹은 사랑〉_최승호

벌어진 손의 상처를
몸이 스스로 꿰매고 있다.
의식이 환히 깨어 있든
잠들어 있든
헛것에 싸여 꿈꾸고 있든 아랑곳없이
보름이 넘도록 꿰매고 있다.
몸은 손을 사랑하는 모양이다.
몸은 손이 달려 있는 것이
부끄럽지 않은 모양이다.

구걸하던 손, 훔치던 손,
뾰족하게 손가락들이 자라면서
빼앗던 손, 그렇지만
빼앗기면 증오로 뭉쳐지던 주먹,
꼬부라지도록 손톱을
길게 기르며
음모와 놀던 손, 매음의 악수,

천년 묵어 썩은 괴상한 우상들 앞에
복을 빌던 손,
그 더러운 손이 달려 있는 것이
몸은 부끄럽지 않은 모양이다.

벌어진 손의 상처를
몸이 자연스럽게 꿰매고 있다.
금실도 금바늘도 안 보이지만
상처를 밤낮없이 튼튼하게 꿰매고 있는
이 몸의 신비,
혹은 사랑.

눈은 제 눈을 볼 수 없다는 말이 있습니다. 그렇다면 몸으로 몸을 알 수 있을까요. 몸으로 몸을 사랑할 수 있을까요. 인간만이 이런 모험을 합니다. 《내 몸의 신비》라는 책을 펴낸 앙드레 지오르당의 말처럼 소우주인 인간의 몸은 마법사이기 때문입니다. 무슨 말이냐고요. 몸을 가진 인간은 제 몸으로 제 몸을 탐색하는 존재니까요. 과학의 발달로 몸의 비밀이 많이 벗겨졌지만, 몸에 관한 탐색은 아직도 보물섬이 있는 미지의 바다를 향해 떠나는 가슴 설레는 여행과도 같습니다.

하지만 우리는 우리 몸에 대해서 아는 것보다 모르는 게 더 많습니다. 누가 "당신 몸에 대해서 알아?" 하고 물으면 우선은 모른다고 하는 게 정직한 대답일 것입니다. 몸에 관한 물음이 단지 고깃덩어리로서의 몸이 아니라 정신이나 영을 포함한 물음일 때 그렇다는 것입니다. 그래도 우리는 한두 뼘쯤은 안다고 말할 수 있습니다. 소우주인 내 몸에 대해서는 살면서 스스로 겪은 게 많으니까요.

나는 몸이 나를 얼마나 사랑하는지 압니다. 내가 몸을 사랑하는 것 이상으로 몸이 나를 사랑한다는 걸 알고 있습니다. 내가 몸을 괴롭혀도 몸은 나를 괴롭히지 않습니다. 내가 몸을 자학해도 몸은 그것을 다 받아줍니다. 어쩌면 몸은 내가 자의식을 갖기 이전부터 나를 사랑했는지도 모릅니다. '그래, 나는 너를 사랑했어. 지금도 너를 사랑해. 앞으로도 너를 사랑할 거야.' 이런 몸의 속삭임을 직접 들은 바는 없지만, 내 핏줄 속에서 붉은 피가 돌며 윙윙 소용돌이치는 소리, 그리고 뜀뛰는 맥박소리는 '나는 너를 사랑한다!'는 몸의 속삭임이 아닐까요. 손에 입은 상처로 괴로워하던 시인은 이런 몸의 속삭임을 들었는지도 모릅니다.

> 벌어진 손의 상처를 / 몸이 스스로 꿰매고 있다. / 의식이 환히 깨어 있든 / 잠들어 있든 / 헛것에 싸여 꿈꾸고 있든 아랑곳없이 / 보름이 넘도록 꿰매고 있다.

마음눈, 마음귀가 밝은 시인은 참 행복한 사람입니다. 마음눈을 통해 몸의 움직임을 보고 마음귀를 통해 몸의 소리를 들을 수 있으니까요. 벌어진 상처를 꿰매고 있는 몸, 어쩜 수술도구를 그렇게도 꼼꼼히 챙겨두고 있었는지. 느닷없이 상처를 입는 응급상황이 벌어져도 몸은 당황하는 기색도 없이 능숙하게 상처를 꿰매기 시작합니다. 몸만큼 위대한 의사가 또 있을까요. 벌써 보름이 넘도록 몸이 상처를 꿰매고 있다니. 꿈꾸고 있을 때도, 헛것에 눈이 멀어 몸 밖을 헤매고 있을 때도, 어린 자식의 상처를 극진하게 돌보는 어미처럼 몸은 상처를 돌보고 있다니. 이런 지극한 사랑과 보살핌이 어디에 있을까요. 어미가 된다는 것은 절대적인 신비에 속한다는 프랑스 격언이야말로 몸을 두고 하는 말인 듯합니다. 눈치 빠른 시인은 경탄에 젖어 나직이 말합니다. "몸은 손을 사랑하는 모양이다."

하지만 몸은 몸의 사랑을 벗어난 '나' 때문에 괴로워합니다. 나의 탐욕, 나의 분노, 나의 어리석음 때문에 고통받습니다. 꽃이나 나무에게는 이런 일이 없습니다. 꽃이나 나무에게는 몸 따로 욕망 따로 있지 않기 때문이지요. 꽃이 향기를 내뿜을 때 꽃의 몸과 꽃의 향기는 둘이 아닙니다. 꽃에게는 분별이 없습니다. 꽃은 이원론을 모릅니다. 자기를 이롭게 하는 이에게나 자기를 해코지하는 이에게나 똑같은 향기를 선사하지요. 사람은 그러지 못합니다. 저 최초의 낙원에서 금지된 선악과를 먹어서일까요. 사람은 끝없이 분별하고 나누고 가릅니다. 그러는 동안 그는 자기가 '몸'에 속한 존재임을 망각하고 말지요. 몸에 속한 존재라는 것을 망각할 때 그는 염치조차 잃어버린 가련한 존재가 되고 맙니다.

시인이 작성해놓은 염치조차 잃어버린 '부끄러운 손'의 목록을 들어볼까요.

구걸하던 손, 훔치던 손,
뾰족하게 손가락들이 자라면서
빼앗던 손, 그렇지만
빼앗기면 증오로 뭉쳐지던 주먹,
꼬부라지도록 손톱을

길게 기르며

음모와 놀던 손, 매음의 악수,

천년 묵어 썩은 괴상한 우상들 앞에

복을 빌던 손,

하지만 몸은 그 '더러운 손'을 부끄러워하지 않습니다. 몸은 더러운 손도 자기 몸의 일부라고 여기기 때문입니다. 우리 몸은 이스트의 효과로 부풀어오른 거대한 빵덩어리나 딱딱하게 뭉쳐진 쇳덩어리 같은 것이 아닙니다. 우리 몸은 여러 지체肢體들이 가지런히 정돈되어 함께 기능하는 '살아 있는 유기체'이지요. 여기서 하느님의 교회를 유기체로서의 몸에 비유한 바울 성인의 말에 잠시 귀 기울여볼까요.

발이 '나는 반지로 치장한 손처럼 아름답지 못하니 이 몸에 속하지 않은 것 같아'라고 말한다면, 그것이 말이 되겠습니까? 귀가 '나는 맑고 그윽한 눈처럼 아름답지 않으니 머리의 한 자리를 차지할 자격이 없어' 하고 말한다면, 여러분은 그것을 몸에서 떼어내 버리겠습니까? (고전 12: 15-16)

바울은 하느님이 우리 몸을 설계하신 방식에 대해, 그 신비로움에 대해 경탄을 금치 못합니다. 그리고 그것을 우주적 차원에서 바라봅니다. 시인 역시 〈몸〉이라는 시에서, 인간을 우주적 존재로 격상시킵니다.

  끙끙 앓는 하느님
  누구보다 당신이 불쌍합니다
  우리가 암덩어리가 아니어야
  당신 몸이 거뜬할 텐데

  피둥피둥 회충떼처럼 불어나며
  이리저리 힘차게 회오리치는
  온몸이 혓바닥뿐인 벌건 욕망들

  우주는 하느님의 몸이요, 인간은 그 몸의 일부입니다. 그
런데 인간이 암덩어리가 되어 하느님의 몸, 곧 우주가 끙끙
앓고 있다는 것입니다. 암덩어리로 화한 인간은 이 세계의
골칫덩어리일 뿐입니다. 건강한 세계를 담보하던 나무, 꽃,
바람, 땅과 근친近親인 인간은 찾아보기 어렵게 된 것이지요.
종달새에게 말을 걸고, 늑대들과 대화하고, 돌들과 집회를
갖고, 나무들과 토론회를 열던 프란체스코 같은 존재는 먼지
덮인 종교박물관 같은 데서나 찾아볼 수 있을지. 그래서 그
럴까요. 시의 행과 행 사이에는 몹시 우울해하는 시인의 얼
굴이 어른거립니다.
  어찌 시인만 그렇겠습니까. 바다에 쏟아진 검은 기름에 젖

어 죽어가는 가마우지들, 점차 지상에서 사라지는 꿀벌들, 수십만 년 쌓였던 빙하가 녹아 사라지는 저 북극해를 보면서 우울해하지도 않는다면, 어찌 그를 건강한 사람이라 하겠습니까.

그러나 우리는 우울한 감상에 젖어 있을 수만은 없습니다. 지속가능한 미래를 꿈꾸어야 하니까요. 저 새싹처럼 자라나는 파릇파릇한 우리의 아이들 때문입니다. 책가방을 등에 메고 깔깔깔 명랑한 웃음을 터뜨리며 등교하는 우리의 아이들을 보면 더욱 그런 생각을 하지 않을 수 없습니다. 하여 나는 시인과 더불어 믿고 싶습니다. 바로 당신과 나 때문에 생긴 이 지구별의 깊은 상처를 꿰매는 우주-몸(하느님)의 신비 혹은 사랑을. 금실도 금바늘도 안 보이지만 상처를 밤낮없이 튼튼하게 꿰매고 있는 몸의 신비, 혹은 사랑을.

마중물

〈마중물〉_임의진

우리 어릴 적 작두질로 물 길어 먹을 때
마중물이라고 있었다

한 바가지 먼저 윗구멍에 붓고
부지런히 뿜어대면 그 물이
땅속 깊이 마중 나가 큰 물을 데불고 왔다

마중물을 넣고 얼마간 뿜다 보면
낭창하게 손에 느껴지는 물의 무게가 오졌다

누군가 먼저 슬픔의 마중물이 되어준 사랑이
우리들 곁에 있다

누군가 먼저 슬픔의 무저갱으로 제 몸을 던져
모두를 구원한 사람이 있다

그가 먼저 굵은 눈물을 하염없이 흘렸기에

그가 먼저 감당할 수 없는 현실을 꿋꿋이 견뎠기에

'마중물'이란 말을 알게 된 건 내 어릴 적 일입니다. 고향 집 뒤란에는 두레박으로 길어 먹는 우물이 있었지요. 그런데 어느 날 그 우물에 수동펌프가 설치되고 우리 식구는 펌프에 달린 손잡이를 이용해 물을 퍼 올려 먹기 시작했습니다. 두레박으로 물을 긷는 것보다 훨씬 더 편리했습니다. 물론 펌프질만 한다고 물이 그냥 올라오는 건 아니었습니다. 윗구멍에 물을 부어야 했습니다. 어느 날 아침, 어머니는 바가지로 물을 떠다 윗구멍에 붓고 펌프질을 하여 마실 물을 퍼 올린 뒤 호기심 어린 눈빛으로 바라보는 나에게 일러주셨습니다.

"이 물을 부르는 이름이 따로 있단다. 마중물이라고 하지."

그때 나는 처음으로 마중물이란 말을 알게 되었습니다. 그리고 '마중'이란 말이 참 아름다운 말이라는 것도. 기차역 같은 곳으로 귀한 손님을 맞으러 나갈 때 쓰는 '손님 마중', 추운 겨울을 견디고 나서 산에 들에 봄의 전령이 따스한 바람을 타고 올 때 반가이 맞으러 나가는 '봄 마중' 같은 말이 얼마나 아름다운 말인지도 알게 되었습니다.

마중물. 먼저 손을 내밀어 다른 이의 손을 잡아주는 따뜻한 온기가 느껴지는 말입니다. 외로움과 슬픔 한가운데에 있는 이를 두 팔 벌려 끌어안고 다독여주는 포용도 연상되는 말입니다. 오래되었지만 아름답고 소중한 이 말이 따뜻한 감성을 지닌 시인을 만나게 된 것이 얼마나 기쁘던지요.

시의 전반부에서 시인은 마중물이란 말을 낯설어하는 독자를 위해 수동펌프에 물을 부어 지하의 물을 퍼 올리는 장면을 친절하게 설명해주고 있습니다. 그러고 나서 마중물이 지하수를 끌어올리는 과정을 '물이 / 땅속 깊이 마중 나가 큰물을 데불고 왔다'고 매우 실감나게 표현합니다. 땅속 깊이 마중 나가는 마중물! 사랑하는 연인이 온다는 소식을 듣고 애타는 그리움을 안고 마중 나가듯, 참으로 목마른 이는 마중물을 들고 땅속 깊은 곳에 있는 물에게 마중을 나가겠지요.

　게다가 시인은 그렇게 맞아들인 '물의 무게'가 '오졌다'고 생동감 있게 묘사합니다. '오지다'의 과거형인 '오졌다'는 말, 허술한 데 없이 매우 야무지고 실속 있다는 표현입니다. 직접 작두질을 해 물을 퍼 올려본 몸겪음 없이 이런 실감 어린 묘사는 불가능할 것입니다. 시인이 말하고 싶은 그 오진 물의 무게는 생명력의 무게이자 살림(죽임이 아닌)의 무게가 아닐까요. 요컨대 마중물은 더 많은 물을 퍼 올려 생명을 살려내기 위한 물인 셈입니다. 여기까지가 마중물의 역할입니다. 우리는 이 마중물의 역할에서 인간의 삶을 아름답게 꽃피우는 사랑의 은유를 발견할 수 있습니다.

　누군가 먼저 슬픔의 마중물이 되어준 사랑이 / 우리들 곁에 있다 // 누군가 먼저 슬픔의 무저갱으로 제 몸을 던져 / 모두를 구

원한 사람이 있다 // 그가 먼저 굵은 눈물을 하염없이 흘렸기에
/ 그가 먼저 감당할 수 없는 현실을 꿋꿋이 견뎠기에

우리들 곁에 있는, '슬픔의 마중물이 되어준 사랑'은 누구
를 가리키는 것일까요. '슬픔의 무저갱으로 제 몸을 던져'
우리 모두를 구원한 그 사람은 누구일까요. 여기서 머리를
굴려 분석하고자 하는 것은 아닙니다. 이 대목을 읽는 순간
벌써 내 안에서 뭉클, 누선涙腺을 자극하는 그 누군가를 느끼
기 때문입니다. 그가 누구냐고요? 먼저는 당신과 나의 어머
니입니다. 그러니까 당신과 나를 사랑으로 보듬어 안아주는
어머니의 눈물, 땀, 하얗게 센 머리카락, 무겁게 휜 허리, 거
미줄 같은 험한 주름. 어머니는 곧 당신과 나라는 존재의 빈
펌프에 부어진 마중물에 다름 아니지요. 자기를 송두리째 내
어주어 염랑거미처럼 빈 껍질로 화한 그 사랑 때문에 우리는
사랑에 눈뜰 수 있었으니까요. 세상의 숱한 어미들은 그런
마중물의 희생과 헌신의 길을 걸어갔지요. 이제는 조금 알
듯합니다. 물론 애젊은 시절엔 그런 어미 맘을 알 수 없었습
니다.
    내 누선을 자극하는 또 다른 어미 중엔 예수 같은 이도 있
습니다. '암탉이 병아리를 품듯이' 온 세상을 가슴에 품으려
했던 예수. 그는 탐욕과 어리석음과 무지의 늪에 빠져 방황
하는 영혼들을 건져내기 위해 측은지심으로 '슬픔의 무저

갱'에 몸을 던졌지요. 가난하고 병든 이들의 영혼을 위해 쏟은 연민과 자비, 십자가 형틀 위에서 쏟아낸 피눈물과 고통의 외마디는 그가 목마른 펌프 같은 인생들에게 부어준 마중물인 것이지요.

그 마중물을 마신 영혼들이 목마름을 해갈하고, 갈 지之자로 비틀대던 존재들이 신생의 기쁨을 얻어 우뚝 일어설 때, 우리는 그것을 '거듭남' 혹은 '부활'이라 부릅니다. 또 그 마중물을 흠뻑 들이컨 영혼들은, 마중물이 된 그분 안에 계신 '궁극적 존재'(하느님)를 아는 기쁨과 희열을 누리기도 합니다. 기꺼이 자기를 비우고 마중물이 된 사랑이 불러일으킨 기적입니다.

그러나 우리는 종종 그 사랑을 망각합니다. 그가 먼저 굵은 눈물을 하염없이 흘렸기에, 그가 먼저 감당할 수 없는 현실을 꿋꿋이 견뎠기에 사랑의 마중물이 될 수 있었다는 사실을 잊습니다. 안타깝게도 이런 '영적 치매'는 날이 갈수록 더 심화되는 듯싶습니다. 시인이 그가 흘린 눈물과 꿋꿋한 견딤을 강조하는 까닭이 바로 여기에 있는 건 아닐까요. 우리 가슴을 따숩게 하는 또 다른 시 한 편 읽어보겠습니다.

자작나무 숲으로 업히러 간다 나이테는 나이테를
가지는 가지를 업고 마디 굵은 솔가지는
부엉이를 업고 곤충마저 휘어져라 업고 있다

그렇게 서로의 이름표를 업어주지 않았다면

서로의 체온과 슬픔을 업어주지 않는다면

바닥이 빛나는 것들을 업어주지 않는다면……

지금 그 무엇도 남아 있지 않으리

따뜻한 등을 껴안지도 못하였으리

나 몸무게를 줄이고 숲으로 들어간다

_임의진, 〈자작나무 숲으로 업히러 간다〉 부분

이 시의 중심 언어는 '업어준다'는 말입니다. 아일랜드의 영성가인 존 오도나휴가 '사랑은 신과 인간 존재가 밀물이 되어 서로의 안으로 흘러드는 출발점이다'라고 말했듯, 자작나무 숲에 든 시인이 나무와 부엉이, 나무와 곤충, 나무와 사람, 사람과 사람이 서로 업어줌으로서 모든 만물이 존재할 수 있음을 조곤조곤 노래한 것이지요. 그 업어줌은 곧 서로의 안으로 흘러드는 사랑입니다. 우리가 이 업어줌의 신비와 사랑 속으로 들어가려면 시인처럼 우리의 '몸무게'를 줄이고 자작나무 숲으로 들어가야 합니다.

이 시를 들려주며 시인은 진지한 물음표 하나를 던집니다. 자작나무가 가지가 휘어지도록 제 몸에 깃든 생명들을 업어주듯 당신은 누구를 그렇게 업어본 적 있느냐고. 당신의 어머니, 당신의 예수가 당신을 위해 기꺼이 마중물이 되었는데, 당신은 그 누구에게 기쁨의 마중물이 되어본 적이 있느냐고. 당신 자신을 비워 누구에게 사랑의 마중물이 되어본 적 있느냐고 말입니다. 당신은 무어라고 대답하시겠습니까?

영혼의 가장 맛있는 부분

신이 땅과 물과 햇빛을 주고
땅과 물과 햇빛이 사과나무를 주고
사과나무가 빨갛게 익은 사과를 주고
그 사과를 당신이 나에게 주었다
부드러운 두 손바닥에 싸서
마치 세계의 기원 같은
아침 햇살과 함께

말 한마디 없었지만
당신은 나에게 오늘을 주고
잃어지지 않는 시간을 주고
사과를 가꾼 사람들의 웃음과 노래를 주었다
어쩌면 슬픔도
우리 위에 펼쳐진 푸른 하늘에 숨은
그 정처 없는 것을 거슬러서

그래서 당신은 자신도 모르는 새

당신 영혼의 가장 맛있는 부분을
나에게 주었다

시집 《이것이 제 상냥함입니다》

지난해 늦가을 사과의 고장인 충주에 있는 산으로 시인 두 분과 함께 등산을 다녀왔습니다. 그날 산행을 마치고 천천히 내려오는데, 산모롱이를 돌자 잎은 지고 붉은 사과만 주렁주렁 매달린 과수원이 나타났습니다. 앞서 걷던 백발의 시인이 사과밭을 보고는 왕방울만 한 눈을 뜨며 소리쳤습니다.

　"오, 풍요 자체야, 풍요!"

　"정말 그러네요!"

　사과밭 가에 털썩 주저앉은 우리는 경이에 찬 눈빛으로 바라보았어요. 수천수만의 작디작은 태양들. 형언할 수 없는 환희에 젖어들게 만드는 붉은 환희의 빛덩이들을. 그날 우리는 나무에 매달린 사과를 따서 한입 깨물어보지도 않았지만, 그냥 바라보는 것만으로도 배가 부른 놀라운 경험을 했죠. 따먹지 않아도 배부른 포만감, 그 풍요를 온몸으로 느꼈거든요. 우리가 꿈꾸는 낙원이 결핍이 들어설 곳이 없는 곳이라면, 우리는 사과밭에서 그런 낙원을 보았지요. 우리가 꿈꾸는 하늘나라가 위선이 들어설 곳 없는 곳이라면, 알몸을 드러낸 사과밭에서 그런 감흥에 젖어들었지요. 산의 끝자락을 빠져 나오면서 우리는 세속에 사는 동안 덕지덕지 껴입은 불만과 결핍을 벗어버릴 수 있었습니다. 머리끝에서 발끝까지 껴입은 위선도 벗어버릴 수 있었습니다.

　그날 나는 두 분 시인에게 슌타로 시의 마지막 연을 들려주었어요. "당신은 자신도 모르는 새 / 당신 영혼의 가장 맛

있는 부분을 / 나에게 주었다." 내 시낭송을 듣고 난 백발의 시인이 촉촉이 젖은 목소리로 말했습니다.

"'당신 영혼의 맛있는 부분' 이란 시구가 감동적이구만. 그런데 우리가 방금 보고 온 사과나무나 자비로운 신이 아니라면, 누가 그렇게 '당신 자신도 모르는 새 / 당신 영혼의 맛있는 부분' 을 줄 수 있겠어?"

나는 시인의 진지한 감상에 고개를 끄덕였습니다. 그렇습니다. 대개 사람들은 자기 소유를 누구에게 내어줄 때 떠들썩하게 광고하며 줍니다. 머릿속으로는 자신에게 돌아올 보상을 따져보지요. 어떤 이는 받는 사람이 자기가 주는 것을 '받을 만한 자격' 이 있는지 헤아려보고 줍니다. 반면 사과나무나 우주나 신은 늘 아무 조건 없이 줍니다.

하지만 우리 사람도 생명의 본성을 깊이 이해한다면 나무나 신처럼 그렇게 할 수 있지 않을까요. 사람을 포함한 모든 살아 있는 생명이 자기를 내어줌으로써 생명을 영위할 수 있다는 것을 깨닫게 되면 말입니다. 모름지기 생명은 운동이고 흐름입니다. 그 흐름이 정지할 때 죽음이 찾아옵니다. 만일 사람이 운동이고 흐름인 생명의 본성을 거부하고 자기가 지닌 것을 움켜쥐고만 있으려 한다면, 죽음을 피할 수 없을 것입니다. 우리의 호흡을 생각해 보십시오. 만일 자기가 들이마신 숨을 내놓지 않겠다고 고집을 부리는 어리석은 사람이 있다면, 곧 목숨을 잃고 말 것입니다. 칼릴 지브란도《예언

자》라는 시집에서 과수원의 나무들과 목장의 가축들을 예로
들면서 말했지요.

저들은 자기가 살기 위하여 준다. 주지 않고 아끼는 것은 멸망
으로 가는 길이기에.

시인의 말처럼 주지 않고 아끼는 일은 나무나 가축들 같은
자연에서는 찾아볼 수 없습니다. 그들은 생명의 본성에 충실
하기 때문에 자기를 아낌없이 내어주죠. 노자의 '도법자연'
道法自然이란 경구처럼 자연은 우리 삶의 본보기가 됩니다.

그렇게 모든 것을 아낌없이 주는 우주만물의 사랑에 감전
된 듯 시인은 자신이 선물로 받은 기쁨과 환희를, 실제로 자
기 삶 속에서 나누며 살아간다고 합니다. 일본의 한 양로원
에서 그는 치매 걸린 노인들을 섬기는 생활을 한다는군요.
매일같이 양로원으로 오던 길도 잊어버리고, 가족들 이름도
기억하지 못하는 치매노인들을 위해, 그들이 먹고 싶어하는
요리를 주문받아 만들기도 한답니다. 하여간 그렇게 노인들
과 불꽃놀이도 즐기고 바비큐도 함께 구워 먹으면서 살아가
는 이런 요리 체험에서 영혼의 '맛있는' 부분이라는 아름다
운 시구가 나오지 않았을까 생각해봅니다. 그러고 보면 다니
카와 슌타로는 '영혼의 요리사'란 표현이 어울리는 시인이
아닐까요.

사랑하니까 / 사랑한다는 말을 못해요 / 봐주세요 / 나의 서툰
침묵을 / 나는 당신을 둘러싸는 공기가 되고 싶어 / 당신 살갗에
맺히는 이슬이 되고 싶어요 // 눈길을 주기만 해도 / 작은 새는
날아가버리지요 / 한마디 속삭임으로 / 날이 밝아버릴 것 같아
요 / 한 방울 눈물로 / 사랑이 엉겨버리지 않을까요 // 나는 꼼짝
못해요 / 당신과 함께하는 이 밤이 / 너무나 완벽해서
_⟨11월의 노래⟩ 전문, 《이것이 제 상냥함입니다》

영혼의 요리사인 시인은 '사랑한다'는 말 대신 서툰 침묵
과 공기와 이슬을 버무려 사랑하는 이와의 합일에 이르고자
합니다. 합일은 곧 사랑의 종착점이죠. '한마디 속삭임으로
날이 밝아버릴 것 같다'고 믿는 시인의 사랑은 겸허하면서도
자부심에 차 있습니다. 자신의 그런 행위는 곧 '세계의 풍요
로움 그 자체'가 된다고 여기니까요(⟨소네트 62⟩ 참조). 자신의
행위를 통해서 만들어가는 세계의 풍요는 곧 시인의 풍요이
며, 시인의 행복입니다.
  예수 또한 영혼의 요리사입니다. 자신의 존재를 세상을 살
리기 위한 밥으로 지어 허기진 이들의 배를 채워주었습니다.
그들에 대한 측은지심 때문만은 아니었습니다. "주는 것이
받는 것보다 더 행복하다"(사도행전 20:35)는 숭고한 가치를
온몸으로 호흡하며 살았기 때문이죠. 사람이 나무의 폐를 자
기 가슴에 얹어 숨 쉬듯, 그는 주는 것이 신성을 부여받은 이

의 신성한 호흡임을 늘 자각하고 살았습니다.

그래서 예수는 자기 생명을 세상의 밥으로 내어줄 때 '자신도 모르는 새 / 당신 영혼의 가장 맛있는 부분'을 내어주었습니다. '오른손이 하는 일을 왼손도 모르게 하듯' 그렇게. 만물의 깊은 눈을 꿈꾸는 시인 예수. 그는 세상에서 이런저런 까닭으로 고통받는 이들의 속마음을 헤아려 고통에서 벗어나도록 해주었고, 덧없는 욕망에 끄달리는 이들이 그 욕망에서 해방되도록 길잡이가 되어주었습니다. 이것이 예수가 우리에게 선사한 '당신 영혼의 가장 맛있는 부분' 아닐까요.

예수는 시인의 음성을 빌어 나와 당신에게 묻고 있습니다. 당신이 세상에 내어줄 '당신 영혼의 가장 맛있는 부분'은 무엇이냐고.

3부
바위를 꽃으로 만드는 힘

사라져버린 언어

전에 나는 꽃의 언어로 이야기했었고
애벌레들이 말하는 걸 이해할 수 있었다.
찌르레기의 중얼거림을 알아들을 수 있었고
파리에게 잠자리에 대해 물어보기도 했다.
전에 나는 귀뚜라미에게 대답을 해주었고
떨어지는 눈송이의 소리를 들었었다.
전에 나는 꽃의 언어로 이야기했었다.
그런데 그 모든 것이 어떻게 된 걸까.
나는 통 그것들을 말할 수 없으니.

나는 저물녘의 시간을 좋아합니다. 태양이 서산 봉우리에 엉덩이를 걸치고 수줍은 듯 붉은 속살을 내보일 때도 좋지만, 태양이 막 떨어진 뒤 사위가 어스레해질 무렵의 적막감이 느껴질 때를 특히 좋아하지요. 오늘은 조금 일찍 집을 나서서 가까운 저수지 쪽으로 향했습니다. 논배미에는 겨우 한 뼘쯤 될 초록 기쁨들이 쑥쑥 자라고 있고, 흰 두루미 한 쌍이 논 한가운데 우뚝 서서 올챙이 사냥을 하는지 긴 모가지를 쑥 뽑고 이리저리 움직이고 있었습니다.

나무 말뚝을 촘촘히 박아놓은 고추밭을 지나 조금 더 걸어가니 꽤 넓은 묵정밭이 나타났지요. 보랏빛 꽃을 피운 엉겅퀴들이 큰 키를 자랑하며 밭 전체를 뒤덮고 있었습니다. 게으른 밭주인이 버려둔 묵정밭을, 하느님이 들꽃을 자라게 하여 뒤덮으신 것입니다.

무리지어 핀 엉겅퀴를 보고 있으려니, 문득 화가 마티스의 멋진 이야기가 생각났습니다. 어떤 사람이 마티스에게 물었습니다.

"어디서 그 많은 영감을 얻으시죠?"

여든이 넘은 나이에도 여전히 열정적으로 그림을 그리고 있는 마티스가 이렇게 대답했답니다.

"난 뜰에 엉겅퀴를 키우고 있거든요!"

다소 엉뚱하게 느껴지는 답변이지만, 뛰어난 화가 마티스의 영감의 원천은 사람들이 하찮게 여기는 엉겅퀴 같은 들꽃에서 비롯되었던 셈입니다. 나는 마티스 같은 예술가에게 경탄을 금치 못합니다. 여든이 넘은 나이에도 여직 대지라는 어머니와 그 탯줄이 튼튼히 이어져 있다는 것이 정말 놀랍지 않습니까.

진정한 예술가나 신비가들이 모두 그렇습니다. 작은 꽃 한 송이와의 교감에서 우주의 신비와 경이에 젖어들며, 그것들이 은밀히 속삭여주는 침묵의 언어에 귀를 종긋 세울 줄 압니다. 삶의 환희, 사물과의 일체감, 예술의 영감은 온갖 살아 있는 것들과의 내밀한 교감에서 싹을 틔우고 꽃을 피웁니다.

하지만 오늘 우리는 그런 내밀한 교감의 능력을 잃어버리고 사는 것은 아닐까요.

전에 나는 꽃의 언어로 이야기했었고 / 애벌레들이 말하는 걸 이해할 수 있었다. / 찌르레기의 중얼거림을 알아들을 수 있었고 / 파리에게 잠자리에 대해 물어보기도 했다. / ……그런데 그 모든 것이 어떻게 된 걸까. / 나는 통 그것들을 말할 수 없으니.

이것이 어찌 시인 셸 실버스타인만의 고백이겠습니까. 시인이 고백하는 '사라져버린 언어'는 우리가 '잃어버린 언어'이기도 합니다. 어린 시절 우리는 풀밭을 뛰어다니며 방아깨비를 붙잡아 함께 이야기했고, 밤의 논둑에 앉아 개구리나 맹꽁이의 노랫말에 귀를 기울였지요. 소꼴을 한 소쿠리 베어

다가 소를 먹이면서, 큰 눈망울의 소가 건네는 눈짓도 알 수 있었지요. 무슨 시인이나 화가가 아니어도, 우리는 풀이나 꽃나무, 개울가의 돌멩이, 풀밭에서 뛰노는 곤충들의 언어를 이해했습니다.

그러나 우리가 어른이 되어 편리와 효율을 따지고, 삶의 신비와 경이를 지폐와 금화 따위로 바꿔버린 뒤로, 그런 소통의 능력을 상실하고 말았습니다.

그 결과 우리는 꽃나무 한 그루, 밤하늘을 수놓는 별들, 개울가의 작은 조약돌조차 놀라운 기적으로 받아들이던 축복의 감수성을 잃어버리고 말았지요. 이제는 로또복권에 당첨될 때나 탄성을 지르고 기적 운운할 뿐입니다.

우리의 삶이 왜 이토록 왜소해진 것일까요. 이토록 왜소해진 인간이 과연 신神의 음성을 알아들을 수 있을까요. 꽃이든, 나무든, 바위든, 구름이든, 사물과의 가시거리를 상실한 우리가, 어찌 무한무궁의 신神의 소리를 들을 수 있겠습니까. 여기서 가시거리를 상실했다는 것은 사물과 교섭할 여백을 잃었다는 말입니다. 가시적 매개 없이 우리가 신을 인식하기란 사실상 불가능할 것입니다.

그러므로 우리가 신비롭고 놀라운 사랑의 언어를 알아듣기 위해서는 먼저 꽃의 언어와 찌르레기의 중얼거림에 귀를 기울여보아야 하지 않을까요. 왜 신이 내 기도에 응답하시지 않는지 불평하기 전에 애벌레들의 말을 이해할 수 없어 안타까워하는 시인처럼 우리의 영적 감성의 퇴보를 반성해야 합니다. 게으른 밭주인이 버려둔 묵정밭에 엉겅퀴가 저절로 피어나듯, 우리의 삶에 신의 씨앗이 떨어져 싹을 틔울 여백이 마련되어 있는지 우리 자신을 돌아보아야 합니다.

우리는 이 지구라는 소행성의 여행자에 불과합니다. 우리가 소유할 수 있는 것이란 아무것도 없지요. 우리는 그 무엇을 '소유'하기보다 '존재'하기에 힘써야 합니다. 들꽃이나 찌르레기, 풀밭에 기어가는 애벌레 한 마리조차 그저 거기 존재할 뿐입니다. 그리고 우주만물과 소통합니다. 소통은 존재의 나눔이지요. 나눌 수 있으니 부요입니다. 그들은 그 존재의 부요에로 우리를 초대합니다.

시인이 안타까워하는 '사라져버린 언어'는 그것의 회복을 촉구하는 생명의 초대장이기도 합니다. 벗들이여, 움츠러들지 말고 생명의 초대에 기꺼이 응해보시지 않으시렵니까!

인생 찬가

〈인생 찬가〉_헨리 워즈워스 롱펠로

슬픈 가락으로 내게 말하지 말라.
인생은 단지 헛된 꿈에 불과하다고.
삶은 환상이 아니고, 삶은 진지한 것이다!
무덤이 삶의 목적지는 아니지 않은가.

아무리 즐거워도 미래를 믿지 말라!
죽은 과거는 죽은 이들이 매장하게 하라!
행동하라, 살아 있는 현재 속에서 행동하라!
안에는 마음이, 위에는 하느님이 계시다.

위인들의 삶이 우리를 깨우치느니,
우리도 장엄한 삶을 이룰 수 있고,
우리가 떠나간 시간의 모래 위에
발자취를 남길 수가 있다.

그러니 우리 모두 일어나 무엇이든 하자.
그 어떤 운명과도 맞설 용기를 가지고,

끊임없이 성취하고 끊임없이 추구하면서
일하고 기다리는 법을 배우자.

'물구나무서기는 시간을 정복하는 것이다'라는 말이 있습니다. 나는 시간을 정복할 수 있다는 말에 솔깃해 틈틈이 물구나무서기에 정성을 쏟았습니다. 과연 물구나무서기 동작을 해보니, 그렇게 하는 동안에는 아무것도 생각할 수 없었습니다. 동작 자체에 집중하지 않으면 한순간 꽈다당, 넘어지고 마니까요. 물구나무서기를 하는 동안에는 과거도 미래도 생각할 수 없습니다. 생각 자체가 저절로 멈춥니다. 기억에서 비롯된 과거에 대한 후회나 미래에 대한 부질없는 걱정과 염려도 다 사라집니다. 오직 지금, 여기now and here에만 존재할 수 있습니다. 아, 그렇구나. 물구나무서기가 시간을 정복하는 것이라는 말이 허튼소리가 아니구나!

그러나 그렇게 동작에 몰입하는 시간은 짧습니다. 그 시간이 지나고 나면 나는 다시 타성에 끄달리는 일상으로 돌아오니까요. 타성은 나를 과거에 얽매이게 하고 미래에 대한 걱정 근심에 사로잡히게 만듭니다. 오늘은 다르게 살고 싶은데, 그게 잘 안 됩니다. 태양도 어제의 태양이 아니며, 꽃이나 강물도 어제의 꽃이나 강물이 아닌데. 사람도 언제나 같은 사람이 아니고, 내 몸에 흐르는 피나 세포도 얼마의 시간이 지나면 다 바뀐다고 하는데.

왜 난 오늘을 처음처럼 살 수 없을까요. 막 동트는 햇귀와 입 맞추는 나팔꽃처럼 왜 오늘을 싱그럽게 시작할 순 없을까요. 시간의 포충망에 걸려서? 그렇습니다. 거미줄에 걸린 날

벌레들처럼 저 시간의 포충망에 걸려 헤어나지 못하면, 우리가 살아 있다는 것은 '영원한 루머'(최승자)에 지나지 않게 됩니다. 그리고 삶의 풋풋함을 잃고 권태로움에 빠져 허우적거리게 됩니다. 그렇게 되면 나라는 존재는 음식과 똥과 욕망으로 채워진 가죽부대, 진흙 가득한 유골단지 같다는 회의와 좌절감에 젖게 됩니다.

시인 롱펠로도 인생을 살면서 시간의 어두운 터널을 통과한 경험이 있는 것일까요.

슬픈 가락으로 내게 말하지 말라. / 인생은 단지 헛된 꿈에 불과하다고. / 삶은 환상이 아니고, 삶은 진지한 것이다! / 무덤이 삶의 목적지는 아니지 않은가.

인생이 헛된 꿈에 불과하다는 건 아주 오래된 성경에도 나옵니다. 구멍 난 타이어에서 바람 빠지는 소리가 들리는 것 같은 구절 말입니다. '헛되고 헛되니, 모든 것이 헛되다.'(전 1: 2) 성서의 현자들이 이처럼 허무주의를 부추기는 듯한 말을 남겨놓은 까닭은 무엇일까요? 학자들은 성서가 이런 구절을 배치해두는 것은 일종의 전략이라고 말합니다. 허망한 꿈에 불과한 지상의 집착에서 벗어나 '영원한 생명의 세계'를 바라보게 하려는 고도의 전략이라고요.

물론 시인 롱펠로는 생을 '환영'으로 바라보는 이런 세계관 자체를 동의하지 않을 것입니다. 생을 환영으로 치부해버리면, 우리는 생에 대한 무의미에 빠져버리니까요. 무의미에 빠져버리면 삶에 대해 무감각해져 버리고, 무감각은 결국 삶에 대한 무관심을 낳지 않겠습니까. 무의미, 무감각, 무관심. 이 삼무三無는 마침내 우리를 걸어다니는 시체로 만들고 말겠지요. 무덤이 우리 삶의 목적지도 아닌데. 그래서 시인은 무덤 주위를 맴돌고 있는 이들을 일깨우기 위해 예언자처럼 목청을 드높이는지도 모릅니다.

죽은 과거는 죽은 이들이 매장하게 하라!
행동하라, 살아 있는 현재 속에서 행동하라!

시인의 음성은 예수의 음성과 매우 닮아 있습니다.

내일 일은 걱정하지 마라. 내일 걱정은 내일에 맡겨라. 하루의 괴로움은 그날에 겪는 것만으로 족하다.(마 6: 34)

여기서 예수가 내일 일을 걱정하지 말라는 것은 걱정 자체를 그만두라는 것이라기보다는, 걱정 때문에 우리가 '오늘'을 살지 못할 것을 경계한 것이 아닐까요. 오늘을 살지 못하는 우리 마음은 매일 새로운 염려와 걱정의 벽돌을 찍어내는 공장과도 같습니다. 그 벽돌로 집을 지으면 그 안에 누가 살게 될까요. 유령들이 살지 않을까요. 우리가 염려와 걱정에만 사로잡혀 오늘을 살지 못한다면 그건 유령의 삶이지 살아 있는 인간의 삶이 아닌 것입니다. 그러나 예언자처럼 '살아 있는 현재 속에서 행동하라'고 포효하는 시인 역시 자신이 그렇게 살지 못할 때가 있음을 솔직히 고백합니다.

늘 한결 같기를 바라지만,
때때로 찾아오는 변화에
혼란스러울 때가 있다.

한 모습만 보인다고 하여
그것만을 보고 판단하지 말라.
흔들린다고 하여
곱지 않은 시선으로 바라보지 말라.

사람의 마음이 늘 고요하다면,
그 모습 뒤에는 분명 숨겨져 있는
보이지 않는 거짓이 있을 것이다.

가끔은 흔들려보며
때로는 모든 것들을 놓아본다.
그러한 과정 뒤에 오는

소중한 깨달음이 있다.

그것은 다시 희망을 품는 시간들이다.
다시 시작하는 시간들 안에, 새로운 비상이 있다.
_〈때로 흔들릴 때가 있다〉 부분

인간은 그렇습니다. 아무리 흔들리지 않을 것처럼 큰소리를 쳐도 흔들리는 순간이 옵니다. 하지만 그렇게 흔들렸다가도 다시 오뚝이처럼 일어서기도 합니다. 그렇게 다시 희망을 품고 시작하는 시간이 있기에 인간의 삶은 모험을 걸어볼 만한, 경이롭고 신비로운 것입니다. 우리가 오늘에 성실하다면 그렇게 발걸음을 내디디는 순간이 태초이며, 우리가 걸어가는 길 위에는 파릇파릇 신생의 싹이 돋아날 것입니다.

롱펠로는 늙어서도 영혼의 젊음을 향유하는 삶을 누린 것처럼 보입니다. 롱펠로가 75세가 되어 임종이 가까워진 어느 날, 그를 존경하는 기자가 찾아와 물었습니다.

"선생님은 두 부인과의 비극적인 사별을 겪으셨고, 그밖에도 많은 고통을 겪으며 살아오신 것으로 알고 있습니다. 그런 환경 속에서 어떻게 그토록 아름다운 시를 쓸 수 있었습니까?"

사실 롱펠로의 일생은 그리 평탄하지 못했습니다. 젊어서는 아내가 오랫동안 앓다가 죽었고, 재혼한 아내 역시 부엌에서 사고가 나 화상을 입고 앓다가 죽었습니다. 롱펠로는 기자에게 마당에 서 있는 늙은 사과나무를 가리키며 대답했습니다.

"저 나무가 나의 스승이었소. 물론 저 사과나무는 몹시 늙었지. 그러나 지금도 꽃이 피고 맛있는 열매가 달린다오. 그 이유는 해마다 늙은 가지에서 새 가지가 조금씩 나오기 때문이 아니겠소? 나는 나 자신을 늙은 가지라고 여긴 적이 한 번도 없고, 언제나 새 가지라고 생각하며 꽃 피우고 열매 맺는 것을 당연하게 여기며 살았다오."

얼마나 멋진 자부심입니까. 우리가 자신의 나이, 늘어나는 주름살, 쇠약해져 가는 육신과 자기를 동일시하면, 이런 영혼의 젊음을 향유할 수 없습니다. 그러나 우리가 내 안의 '창조의 아이'(매튜 폭스)와 나를 동일시하고 산다면 늙은 사과나무처럼 창조의 과실을 맺는 삶을 살 수 있을 것입니다. 우리가 이런 삶의 태도를 지닐 때 자신의 '운명과 맞설 용기'를 가질 수 있고, '시간의 모래 위에' 빛나는 발자취를 남길 수 있는 것이 아닐까요.

절대고독

〈절대고독〉_김현승

나는 이제야 내가 생각하던
영원의 먼 끝을 만지게 되었다.

그 끝에서 나는 눈을 비비고
비로소 나의 오랜 잠을 깬다.

내가 만지는 손끝에서
아름다운 별들은 흩어져 빛을 잃지만,
내가 만지는 손끝에서
나는 내게로 오히려 더 가까이 다가오는
따스한 체온을 새로이 느낀다.
이 체온으로 나는 내게서 끝나는
나의 영원을 외로이 내 가슴에 품어준다.

그리고 꿈으로 고이 안을 받친
내 언어의 날개들을
내 손끝에서 이제는 티끌처럼 날려 보내고 만다.

나는 내게서 끝나는
아름다운 영원을
내 주름 잡힌 손으로 어루만지며 어루만지며,
더 나아갈 수도 없는 나의 손끝에서
드디어 입을 다문다 – 나의 시와 함께.

가을이면 집에서 멀지 않은 곳에 있는 은행나무를 찾아갑니다. 무려 수령이 팔백 년인 수도승 같은 은행나무. 그 큰 나무 그늘 밑에 작은 옹이처럼 몸을 낮춰 앉아 있으면, 노란 법어法語들이 바람결에 우수수 쏟아져 내리기도 합니다. 큰 말씀, 큰 사랑, 큰 인내를 품은 고독의 시 한 그루. 그 오랜 세월의 거대한 몸피를 우쭐우쭐 뽐내지도 않으면서, 무심코 풍성한 잎새를 비우고 채우며 건너왔을, 숭고한 고독의 무늬……. 나는 그를 고독의 왕이라 부릅니다.

우리는 대개 고독을 두려워합니다. 잠시도 홀로 있으려 하지 않고, 마음은 장돌뱅이처럼 저잣거리를 헤맵니다. 존재의 중심에 뿌리박지 못한 채 '빨리 빨리'를 외치는 속도의 악령에게 생을 저당 잡힌 채 관계를 소유로 바꾸지 못해 애면글면하지요. 미소와 친절, 여유, 경청과 같은 아름다운 잎새는 고요한 마음에서만 피어날 수 있음을 알지 못한 채. '수고하고 무거운 짐 진 자들아, 다 내게 나와 쉬어라!' 하는 예수의 신성한 초대도 듣지 못한 채.

주변이 비어 있다고 느끼는 감정을 외로움이라고 부릅니다. 톱날에 잘린 나뭇가지처럼 소통의 단절에서 오는 괴로움이지요. 지금보다 젊었던 시절, 나는 자주 그런 느낌에 시달렸습니다. 고독과 외로움이 다르다는 것을 이제 조금은 알겠습니다. 진정한 고독의 내실로 들어가면 외로움의 상태는 극복되고, 나를 둘러싼 것들이 나와 하나라는 것을 또렷이 느

낄 수 있습니다. 휘묻이한 나뭇가지가 땅에 새 뿌리를 내리
듯 단절된 관계도 싱그럽게 복원되고, 우리 마음귀가 크게
열려 '고독의 빈들로 우리를 꾀어내는 하느님의 사랑의 속삭
임'(호세아 2: 4)도 들을 수 있습니다. 존재의 결핍은 극복되
고, '하느님, 당신 한 분으로 족합니다!'라는 싹싹한 고백이
내 영혼의 뜰을 넉넉히 채웁니다.

외로움은 자기 주변으로 좁혀 들어오고, 고독은 무한을 향해
뻗어 나간다. _켄트 너번

그렇습니다. 나무가 길을 잃지 않고 홀로 푸른 가지를 허
공으로 뻗어 나가듯 고독의 심연에 머물기를 사랑하는 시인
은 '영원의 먼 끝'인 무한을 향해 매순간 뻗어 나갈 수 있습
니다. 볼 수도 들을 수도 만질 수도 없지만, 연둣빛 새싹 같
은 신생의 시간을 맞이할 수 있습니다. '고독, 홀로 있음의
영광.' 신학자 폴 틸리히는 유한한 존재의 팔을 내밀어 저 무
한의 하늘에 덥석 안기는 은총의 시간을 그렇게 불렀습니다.
철학자 알프리드 화이트헤드는 고독을 '종교성'이라 일컬
었지요. 실제로 많은 수도자들은 고독 속에서 하느님의 내밀
한 숨결에 닿기를 소망했고, 고독이 만들어내는 내밀한 공간
에 머물며 세상에서 다친 몸과 마음을 치유받았습니다. 이것
을 '영적인 환경 보호'라고 불러도 좋겠습니다. 으슥한 숲이

나 동굴, 사나운 짐승들이 울부짖는 광야를 영혼의 보금자리로 삼았던 이들은 영혼의 촛불이 꺼지지 않도록 방패막이가 되어줄 고독이라는 보호구역이 필요했던 것이지요. 고독은 우리를 치유할 뿐만 아니라 창조성까지 선물합니다. 위대한 시인이나 예술가, 수도자들은 모두 고독 속에서 뛰어난 삶의 걸작들을 꽃피울 수 있었지요.

사랑 또한 고독의 토양에서 피어나는 꽃입니다. 서로 사랑하는 사람들의 마음도 종종 서로 떨어져 있어야 건강해집니다. 고독 속에 머물면서 메마른 마음에 촉촉한 사랑의 물기가 고여야 비로소 너그러운 마음으로 상대를 깊이 포용할 수 있습니다. 때로는 여러 시간의 대화보다 한 시간의 고독이 사랑하는 이들을 훨씬 친밀하게 만듭니다. 이것이 고독이 베푸는 놀라운 선물입니다. 이 놀라운 선물을 맛본 사람은 고독을 두려워하지 않습니다.

예수는 누구보다도 대담하게 고독을 추구했고, 고독한 순간들을 통해 자신의 영혼을 지켜나갔습니다. 어느 날 예수가 빵 다섯 덩이와 물고기 두 마리로 기적을 베풀어 수천 명을 먹이자 흥분한 군중들이 예수를 임금으로 세우려 했습니다. 그것을 눈치 챈 예수는 곧 흥분한 무리를 빠져나와, 홀로 기도하기 위해 산으로 올라갔습니다. 날이 이미 저물었지만, 그는 거기 홀로 있었습니다.(마태 14: 23)

예수는 어느 나무 밑이나 바위동굴 같은 데서 홀로 밤을 보냈을 것입니다. 새벽이슬에 함초롬히 젖어 해님 같은 꽃얼굴로 하룻길을 떠났을 것입니다. 고독을 사랑함으로 존재의 중심을 잡고 홀로 우뚝 선 나무처럼 예수는 고독의 왕이었습니다. 그는 고독의 공간 속에서 생명의 주재이신 하느님과 하나 되는 융융한 희열을 맛보았고, 생기에 가득 찬 목소리로 거친 길 위에서 하느님 나라를 선포했을 것입니다. 나는 예수가 걸어간 이 성스러운 고독에 김현승 시인의 '절대 고독'을 포개어봅니다.

가을에는
호올로 있게 하소서
……
나의 영혼,
굽이치는 바다와
백합의 골짜기를 지나,
마른 나뭇가지 위에 다다른 까마귀같이.
_〈가을의 기도〉 부분

우리를 '고독의 내실內室'로 초대하는 시인의 마음이 느껴지십니까.

내가 만지는 손끝에서 / 나는 내게로 오히려 더 가까이 다가오는 / 따뜻한 체온을 새로이 느낀다. / 이 체온으로 나는 내게서 끝나는 / 나의 영원을 외로이 내 가슴에 품어준다.

시인은 고독을 통해 자기 안에 있는 영원한 생명과 조우하고, '더 가까이 다가오는 따뜻한 체온'으로 그 희열을 노래했습니다. 그것은 고독을 사랑하는 자의 기쁨입니다. 잃어버린 영혼을 회복한 자의 기쁨이고, 만물과 내가 한 몸이라는 우주의 신비를 깨닫고 타인을 내 몸처럼 사랑할 수 있는 자의 기쁨입니다.

나는 부귀영화를 가볍게 여기네

나는 부귀영화를 가볍게 여기네.
사랑도 그 까짓것, 웃어넘기네.
명예욕도 아침이 오면
사라지는 한순간의 꿈일 뿐이었다네.

내가 기도한다면, 내 입술을 움직이는
단 하나의 기도는
"제 마음 지금 그대로 두시고
저에게 자유를 주소서."

그렇다, 화살 같은 생이 그 종말로 치달을 때
내가 바라는 것은 오직 하나.
삶에도 죽음에도 인내할 용기 있는
자유로운 영혼이 되기를.

에밀 브론테의 이 시를 읽을 때마다, 나는 그 존재의 가벼움이 유쾌하게 전염되는 느낌에 사로잡힙니다. 특히 부귀영화를 가볍게 여기고, 사랑도 까짓것, 웃어넘긴다는 시구를 읽을 때!

예나 이제나 사람들은 부귀영화를 소중하게 여기고, 사랑이나 명예를 얻기 위해 동분서주합니다. 그런 것들이 영원히 자기 곁에 머물러 줄 것이라는 덧없는 환영에 사로잡혀서 말이지요. 시인은 그 예민한 마음의 눈으로 덧없는 환영 너머에 있는 우리 삶의 본질을 꿰뚫어 본 모양입니다. 그래서 부귀영화나 사랑, 명예 같은 세속의 가치보다 '자유'를 갈망하는 것이 아닐까요.

삼십 대 초반 나는 몸에 병을 얻어 처음으로 죽음의 위기에 맞닥뜨린 적이 있습니다. 그 무렵 나는 강원도 오지의 가난한 교회를 섬기고 있었지요. 여러 날 동안 젊음의 오기로 아픔을 견디다가 아내의 성화에 못 이겨 정밀진단을 받기 위해 털털거리는 시골버스를 타고 가까운 도시의 큰 병원을 찾아가고 있었습니다.

푸른 녹음이 우거지기 시작하는 오월. 차창에 스쳐가는 푸른 산천을 내다보고 있는데, 어쩌면 다시 집으로 돌아오지 못할지도 모른다는 생각이 갑자기 엄습했습니다. 그러자 차창 밖의 풍경이 이국의 풍경처럼 낯설고 새로운 의미로 다가왔습니다. 그리고 문득 질풍노도처럼 달려온 청춘을 돌아보앉지요. 그 순간, 내가 열병을 앓듯 젊음을 불태우며 추구해 온 것들이 얼마나 허망한가 하는 생각이 뼛속까지 사무쳤고, 성서에 나오는 지혜자의 고백이 불현 듯 나의 고백으로 솟아 올랐습니다.

"헛되고 헛되니, 모든 것이 헛되도다."(전도서 1: 2)

다행히 죽을병은 아니라는 진단을 받고 일 년 정도 병원을 다니며 치료를 받아 건강을 되찾았지만, 그때 겪은 체험은 내 생의 값진 교훈이 되었습니다. 죽음이 눈앞에 어른거리면, 눈앞의 모든 것이 환영幻影으로 변해버리고 맙니다. 애면 글면 모은 재산이나 부귀, 명예도 모두 덧없는 것으로 여겨집니다. 뜨거운 청춘을 불사르게 하던 연애나 사랑도 그렇습니다. 가을 찬바람에 우수수 떨어지는 가랑잎이나 검불처럼 여겨질 뿐이지요.

아, 나는 왜 그토록 무상한 것들에 얽매여 부자유하게 살았던가. 이런 깊은 회한과 함께 지상의 그 무엇에도 속박되지 않는 새 삶을 꿈꾸게 됩니다. 시인 역시 그런 갈망을 토로합니다.

내가 기도한다면, 내 입술을 움직이는 / 단 하나의 기도는 / "제 마음 지금 그대로 두시고 / 저에게 자유를 주소서."

그러나 인간이 세속적 가치로부터 자유로운 영혼으로 사

는 일이 얼마나 어렵던가요. 더욱이 우리가 사는 이 자본주의 세계는 눈에 보이는 것들의 가치를 극대화하여 보이지 않는 가치를 보지 못하도록 만들지 않던가요. 눈에 보이는 세속적 가치에 눈이 멀면, 눈에 보이는 것들과 자기 자신을 동일시합니다. 이를테면 '돈만 있으면 살 수 있어!'라고 말하는 이들은 돈을 곧 자기 자신이라고 생각합니다. 권력이나 명예를 가장 소중한 가치라 생각하는 이들은 권력이나 명예가 곧 자기 자신이라고 여깁니다.

하지만 돈, 권력, 명예가 그것을 탐하는 이들의 바람대로 그들 곁에 영원히 머물러 주지 않습니다. 모든 피조물에는 '변화의 낙인'이 찍혀 있어 돈, 권력, 명예도 시간이 흐르면 변곡선을 그리며 제 갈 길을 가고 말지 않던가요.

그러므로 우리가 그런 것들과 우리 자신을 동일시하는 것은 어리석은 일입니다. 결국 그런 동일시는 우리 자신을 그것의 노예가 되게 하기 때문입니다. 그래서 어떤 이는 권력의 사슬에, 어떤 이는 명예의 사슬에, 또 어떤 이는 황금의 사슬에 묶입니다. 혹 황금이라는 말에 눈이 번쩍 뜨인 사람은 이렇게 말할 수도 있겠지요. '황금사슬이라면 난 기꺼이 묶이겠어!'

그러나 우리가 기억해야 할 것은 황금사슬도 인간을 부자유하게 하는 고통의 사슬이라는 것입니다. 바울로 사도는 그래서 자유를 선사해주는 예수의 복음을 전하면서 '다시는 종의 멍에를 메지 말라'(갈라디아서 5: 1)고 거듭해서 당부하는 것입니다.

세상의 모든 으뜸의 가르침[종교]들은 인간을 이런 잘못된 동일시에서 풀어주기 위해 존재합니다. 하나님의 아들이라는 예수가 지구별 주민 곁에 와서 선포한 기쁜 소식도 바로 그것이었지요. "진리가 너희를 자유롭게 하리라."(요한복음 8: 32)

예수가 말한 진리가 무엇인가요. 그것은 다름 아닌, 우리 존재의 근원인 하느님과 일체가 되는 것입니다. 예수 자신이 그렇게 살았습니다. 그는 항상 자기가 아버지라 부른 하나님과 하나가 되어 산다고 고백했지요. 말하자면 예수는 세속의 어떤 가치와도 자기를 동일시하지 않고 하느님과 동일시하고 살았습니다. 하느님과 일체가 되는 것만이 우리에게 참된 자유를 가져다주기 때문입니다.

물론 예수도 악마에게 이끌려 세속의 유혹을 받았습니다. 광야에서 사십 일을 굶주리며 머무는 동안 빵과 명예와 권력을 누리게 해주겠다는 달콤한 유혹이었죠. 그러나 예수는 그런 유혹에 넘어가지 않았습니다. 그는 항상 자신을 하느님과 동일시하고 살았기 때문에 그 달콤한 유혹을 걷어찰 수 있었을 것입니다. 하느님과 일체가 되어 사는 사람은 세상의 그 무엇에도 묶일 수 없습니다. 작은 강이 흘러 흘러 마침내 바다에 합류하듯 하느님과 일체가 된 사람은 광활한 하느님의 자유를 누리기 때문입니다.

하지만 아직 하느님과 일체가 되는 기쁨을 맛보지 못한 사람은 세속적인 욕망의 유혹을 견뎌내기 어렵습니다. 하느님과 일체가 되는 기쁨을 갈망하면서도 세속적 욕망이 주는 즐거움을 쉽사리 포기하지 못하기 때문입니다.

어쩌면 우리는 이처럼 속박과 자유 사이에서 그네뛰기를 하듯 살고 있는지도 모릅니다. 따라서 속박과 자유 사이에서 자주 흔들리고 요동치는 우리의 마음을 하느님을 향해 고정시키고 살아가려면 우리는 늘 깨어 있어야 합니다. 한 순간도 깨어 있지 않으면 우리는 속박의 사슬을 쩔렁대며 설쳐대는 악마의 인력引力을 견뎌낼 수 없습니다.

내가 바라는 것은 오직 하나. / 삶에도 죽음에도 인내할 용기 있는 / 자유로운 영혼이 되기를.

여기, 부귀영화를 가볍게 여긴다는 시인도 아직 세상의 속박에서 완전히 자유로운 혼은 아닌 모양입니다. 하지만 시인은 세상살이의 허망함을 깊이 깨달은 듯합니다. 그 깊은 깨달음이 우리 가슴을 울리는 시가 되고, 곡진한 기도가 되지 않았을까요.

오래된 기도

〈오래된 기도〉_이문재

가만히 눈을 감기만 해도
기도하는 것이다

왼손으로 오른손을 감싸기만 해도
그렇게 맞잡은 두 손을 가슴 앞에 모으기만 해도
말없이 누군가의 이름을 불러주기만 해도
노을이 질 때 걸음을 멈추기만 해도
꽃 진 자리에서 지난 봄날을 떠올리기만 해도
기도하는 것이다

음식을 오래 씹기만 해도
촛불 한 자루 밝혀놓기만 해도
솔숲을 지나는 바람소리에 귀 기울이기만 해도
갓난아이와 눈을 맞추기만 해도
자동차를 타지 않고 걷기만 해도

섬과 섬 사이를 두 눈으로 이어주기만 해도

그믐달의 어두운 부분을 바라보기만 해도
우리는 기도하는 것이다

바다에 다 와 가는 저문 강의 발원지를 상상하기만 해도
별똥별의 앞쪽을 조금만 더 주시하기만 해도
나는 결코 혼자가 아니라는 사실을 받아들이기만 해도
나의 죽음은 언제나 나의 삶과 동행하고 있다는
평범한 진리를 인정하기만 해도

기도하는 것이다
고개 들어 하늘을 우러르며
숨을 천천히 들이마시기만 해도

살아 있는 사람 누구나 숨을 쉬듯 기도는 자연스러운 인간 존재의 본래적 기능입니다. 흔히 생각하듯이 기도는 종교의 전유물이 아닌 것이지요. 목마른 꽃이 아침이슬을 마시려고 꽃잎을 여는 것처럼, 유한한 인간이 신의 숨결에 닿고 싶은 간절한 존재의 열림. 그것이 곧 기도입니다. 우리 마음이 기도로 열릴 때 우리는 곧 타자와 연결되며, 그 타자가 사람이든 하느님이든 서로 소통의 기쁨을 주고받을 수 있습니다.

이문재의 〈오래된 기도〉를 읽으며 떠오른 생각입니다. 항아리 속의 묵은 된장처럼 잘 발효된 시. 기도의 원형原型 같다는 느낌을 생생하게 전해주는 시. 비록 '오래된'이란 수식어가 붙어 있지만, 밭에서 막 뜯어낸 채소처럼 여전히 풋풋함을 갈무리하고 있는 시.

그렇게 맞잡은 두 손을 가슴 앞에 모으기만 해도 / 말없이 누군가의 이름을 불러주기만 해도 / 노을이 질 때 걸음을 멈추기만 해도 / 꽃 진 자리에서 지난 봄날을 떠올리기만 해도 / 기도하는 것이다

아, 얼마나 고요하고 해맑은 영성이 느껴집니까. 시인은 기도를 어떤 성소의 울타리나 교리의 틀 같은 것에 가두지 않습니다. 그런 울타리나 틀에서 훌쩍 벗어나 있습니다. 연인에게 속삭이듯 살그머니 말을 걸어오는 이 시를 소리 내어

낭송해보십시오. 꽉 막힌 가슴이 탁 트이는 것 같지 않습니까. 맞잡은 두 손을 가슴에 모으는 고요한 몸동작, 말없이 누군가의 이름을 불러주는 곡진한 부름, 노을이 질 때 걸음을 멈추고 사물들과 정다이 사귀는 것, 이 모든 것을 기도라 합니다. 꽃 진 자리에서 지난 봄날을 떠올리는 따뜻한 상상의 감수성 또한 기도라 합니다.

일상을 성화聖化하는 시인의 의식이 돌올突兀하지 않은가요. 이처럼 삶의 순간마다 기도의 마음자리를 가질 수 있는 것은 항상 깨어 있기에 가능한 일. 밥을 먹든지 설거지를 하든지 아기를 돌보든지 무슨 일을 하든지, 자기가 하는 일에 집중하고 기쁨으로 몰입하기에 가능한 일. 음식을 먹을 때도 그 맛과 향을 음미하며 먹고, 온 마음을 모아 어둠 속에 촛불을 밝히고, 숲속을 지나는 바람소리에도 귀를 기울여 경청하고, 자동차를 타지 않고 주변의 풍광을 즐기며 천천히 걸어가기에 가능한 일. 시인은 '지금 이 순간'의 삶을 신의 선물로 흠뻑 누리고 있습니다. 그런 누림이 곧 지상에서 영원을 맛보게 해주는 기도가 아닐까요. 칼릴 지브란은 《예언자》에서 기도를 '보이지 않는 사원으로의 방문'이라며 이렇게 노래했습니다.

그대들의 방문이
환희와 감미로운 영적 교감 외에는

다른 뜻이 없게 하라.

왜냐하면 그대들이 사원에 들어갈 때

그 방문이 순수하지 않고

그대들의 욕구를 충족시키기 위함이라면

그대들은 아무것도 받지 못할 것이기에……

사람들은 보통 삶의 결핍을 느낄 때 기도합니다. 사는 일이 괴로울 때, 무언가 필요할 때만 기도합니다. 그러나 시인은 삶의 기쁨이 충만할 때, 나날이 풍성할 때도 기도하라고 합니다. '기도는 생명의 하늘 속에 자기 스스로를 활짝 펴는 것'이므로. 무언가를 달라고 끊임없이 보채는 것은 진정한 기도가 아닙니다. 구걸하듯 신에게 보채는 것은 철부지들이나 하는 짓이지요. 그래서 예수는 신이 우리에게 무엇이 필요한지 이미 다 알고 계신다며 새로운 기도를 가르치십니다.

너희는 이렇게 기도하여라. 하느님 앞에서 연극하고 싶은 유혹이 들지 않도록, 조용하고 한적한 곳을 찾아라. 할 수 있는 한 단순하고 솔직하게 그 자리에 있어라. 그러면 초점이 너희에게서 하느님에게 옮겨지고, 그분의 은혜가 느껴지기 시작할 것이다. …… 너희가 상대하는 분은 너희 아버지이시며, 그분은 너희에게 무엇이 필요한지 너희보다 더 잘 아신다.(마 6: 6-12, 유진 피터슨 옮김)

시인도 예수의 이런 가르침에 공명하는 것일까요. 기도의 초점이 신에게서 무엇을 얻어내는 데에 있지 않고, 신이 선물로 준 삶에 대한 따스한 긍정에 맞춰져 있습니다. '거룩한 긍정'이랄까요. 그는 우주의 주재인 신에게서 비롯된 자기 삶을 긍정하고, 타인의 삶도 긍정합니다. 외로운 섬과 섬 사이를 두 눈으로 이어주는 것, 살아가는 일의 밝은 면만 아니라 그믐 같은 어두운 면도 기꺼이 수용하는 것, 나는 결코 혼자가 아니라는 사실을 받아들이는 것, 죽음이 언제나 나와 동행하고 있다는 평범한 진리를 인정하는 것, 이 모든 긍정이 곧 기도라고.

우리를 보다 넓은 기도의 영지領地로 안내하는 이 섬세한 언어의 오솔길을 뭐라 부를까요. 긍정의 뒷심이라 부를까요. 이런 뒷심은 우리 삶의 비루하고 소소한 일상에 하늘 광명을 비추게 하는 힘이 아닐까요. 나도 이런 긍정의 뒷심에 기대어 시인의 '오래된 기도'를 오마주해보려 합니다.

이 휘황한 세상의 유혹에 한눈팔지 않고
한 목표를 바라보기만 해도, 우리는 기도하는 것이다.
안에서 자꾸 일어나는 허랑한 욕심과 집착을
매일 조금씩 덜어내기만 해도,
나를 휘둘리게 하는 바깥일에 거리를 두고
내 안에서 일어나는 생각의 폭풍을 잠재우기만 해도,

우리는 기도하는 것이다.

하늘을 우러르며 자라는 나무들의 침묵과 고요를

내 존재의 안뜰에 들여 가꾸기만 해도,

삶의 주인이 내 심장보다 더 가까이 살아계심을

알아채기만 해도,

행복이 물질의 획득이나 축적에 있는 것이 아니라

그것을 지으신 분에게 있음을 깨닫기만 해도,

영혼의 성장은 서서히 일어난다는 사실을 알고

느긋한 마음으로 정진하기만 해도, 우리는 기도하는 것이다.

작고 하찮아 보이는 내가

우주의 꽃이라는 것을 자각하기만 해도……

본보기

<본보기>_윌리엄 데이비스

여기 나비 한 마리가 보여주는
본보기가 있네.
거칠고 단단한 바위 위에도
행복하게 앉아 있는 나비.
이 거친 돌 위에
친구 하나 없이 혼자인 나비.

내 침상이 지금 딱딱하더라도
나 또한 개의치 않으리.
나도 이 작은 나비처럼
내 기쁨을 만들어가리.
나비의 행복한 마음은 바위를
꽃으로 만드는 힘이 있으니.

숲 속에 있는 우리 집 우편함에 새가 둥지를 틀고 알을 낳은 것은 지난 오월 초순이었습니다. 알卵이 배달된 것이죠. 달갑지 않은 광고지나 들어오고 세금고지서나 전해지던 우편함에 알이 오다니! 오래 지나지 않아 우리 집 우편함은 '생명의 산실'이 되었습니다. 새가 알을 깐 것입니다. 얼마나 기쁘던지요! 함께 세 들어 살던 맘씨 고운 아낙은 우편함 하단에 "우체부 아저씨, 새가 둥지를 틀고 새끼를 낳았으니, 우편물은 우편함 아래 장바구니에 넣어주세요!" 하는 글귀까지 코팅하여 붙여놓았지요. 뭇 생명을 사랑으로 보듬는 마음이 오롯이 묻어 있는 쪽지였습니다. 같은 뜰 안에 사는 우리는 알에서 깨어난 새 생명들이 샛노란 주둥이를 벌리며 짹짹거리는 것을 보면서 마냥 행복에 겨웠습니다. 생명의 본성에 충실한 벗들이 안겨다준 행복. 새나 꽃과 같은 자연의 벗들이 없다면 우리의 삶은 얼마나 삭막하겠습니까.

인생살이가 칡덩굴처럼 얽히고설켜 도무지 앞을 가늠할 수 없을 때면 대자연의 벗들을 바라봅니다. 나는 그들에게서 삶의 지혜를 배우고 새로운 활력을 얻습니다. 노자의 말처럼 그들의 '말없는 가르침不言之敎'이야말로 대자연의 일부인 인간이 소중히 여겨야 할 가장 큰 가르침입니다. 시인은 그래서 딱딱한 바위 위에 앉아 있는 나비를 자기 삶의 귀감으로 여기는지도 모릅니다. 팔랑거리는 나비 한 마리가 시인의 스승이 된 것이지요. 꽃향기도 묻어나지 않고 부드럽지도 않은 바위 위에 사뿐 내려앉은 나비! 시인은 바위 위에 내려앉은 나비의 모습에서 행복을 읽습니다.

나도 이 작은 나비처럼 / 내 기쁨을 만들어가리. / 나비의 행복한 마음은 바위를 / 꽃으로 만드는 힘이 있으니.

시인의 마음을 기쁨으로 물들이고 환한 공명을 일으킨 나비는 의인화되어 있습니다. 예나 지금이나 시인들은 의인화의 명수. 시인들이 나비나 바위 같은 자연의 벗들을 의인화하는 것은 삶의 본보기로 삼고자 함이지요. 위대한 시심詩心을 간직하고 있는 예수도 그랬습니다. 사람들이 내일 일을 염려하고 숱한 걱정으로 힘겨워할 때, 예수는 엉뚱하게도 손을 들어 푸른 하늘에 날아다니는 새나 들에 핀 백합화를 가리켰지요. 저 어여쁜 피조물들처럼 그대들을 창조한 조물주에 대한 깊은 신뢰를 지니라고……

시인이 나비한테서 발견한 행복한 마음, 그건 무얼 말하는 것일까요. 자족을 눈짓하는 것이 아닐까요. 자족하는 삶, 그것만큼 풍족한 샘은 없기 때문입니다. 마르지 않는 옹달샘처럼 하느님은 우리 속에 그런 자족의 품성을 주셨다고 나는 믿습니다. 존재의 충일에서 흘러나오는 아름다운 생을 긍정하는 그런 품성을. 당장 굶는 것도 아니고 기본적 생계를 꾸려가는 데 큰 어려움이 없으면서도 자족하지 못하고 더 많은 것을 탐하는 것은 스스로 자기 생을 무겁게 할 뿐입니다. 끝없는 소유욕에 지배당하는 사람은 끝내 그것의 노예로 전락하고 말지 않던가요.

오늘날 자본주의적 삶의 양식에 길들여진 사람들은 존재의 결핍을 물질로만 채우려 합니다. 나 역시 이 거대한 자본주의의 흙탕물에 휩쓸려 허우적거릴 때가 없지 않습니다. 물질적 욕망을 충족하면 행복을 얻을 수 있다는 착각에 빠지기도 하지요. 하지만 문득 정신을 차리고 보면 그것은 착시錯視에서 비롯된 망상에 불과하다는 것을 깨닫습니다. 진정한 행복은 물질적 욕망의 충족에 있는 것이 아니라, 주어진 것에 자족하며 그것을 남과 나누는 데 있다는 것을. 프랑수아 를로르도 《꾸뻬 씨의 행복 여행》이라는 책에서 말합니다. '행복은 자신이 다른 사람들에게 쓸모 있다고 느끼는 것'이라고.

하지만 자본의 노예가 된 사람들은 금송아지를 만들어놓고 그걸 하느님으로 숭배하던 모세 시대의 어리석은 백성들처럼 자기 내면의 공허와 결핍을 감추기 위해 물질을 하느님처럼 떠받들고 삽니다. 성서가 말하는 인간의 타락이 무엇이던가요.

정신없이 물질로 뛰어드는 것, 그것이 타락이다. 피조물은 하느님의 은밀하고 거룩한 존재의 현시이건만, 그러한 사실을 놓쳐버린 채 세상 속으로 뛰어드는 것, 그것이 타락이다. _비겐 구로얀

물질 속에 뛰어듦으로 공허감을 채울 수 있을까요. 일시적인 충족감을 얻을 수는 있겠지요. 하지만 그것은 얼마 지나지 않아 공허감으로 돌변하고 맙니다. 따라서 우리는 물질적인 것으로 존재의 결핍을 감추려 하기보다는 그것을 근원적으로 치유할 삶의 지혜를 찾아야 하지 않을까요. 인류의 현자들은 모두 그러한 삶의 지혜로 자족을 꼽았습니다. 말하자면 하느님이 선물로 준 소유에 자족할 줄 아는 지혜를 배워 실천하는 일입니다.

이제 나는 나의 형편이 어떠하든지 간에, 정말로 만족하는 법을 배웠습니다. 나는 적은 것을 가지고도 많은 것을 가진 것처럼 행복하고, 많은 것을 가지고도 적은 것을 가진 것처럼 행복합니다. 나는 배부르거나 굶주리거나, 많이 가졌거나 빈손이거나 행복하게 살 수 있는 비결을 찾았습니다.(빌 4: 12)

언제쯤이면 우리도 성 바울처럼 이런 멋진 고백을 할 수 있을까요. 천지만물이 있기 전에 모든 것을 있게 하신 하느님을 내 안에 모시면 그럴 수 있을까요. 행복의 원천인 하느님을 내 안에 모시면 더 이상 그분 밖에서 행복을 찾아 헤매지 않게 될까요. 솔직히 말해 그럴 수 있다는 확신은 아직 부족합니다. 하지만 나날이 만족하는 법을 터득하여 땅에 든든히 뿌리를 박고 선 나무처럼, 그런 기쁨과 행복을 만들어가고 싶습니다. 자기 자신을 잊고 음악의 선율에 따라 흐르는 춤꾼처럼, 나도 하느님이 연주하시는 우주의 선율에 따라 흐르는 춤꾼이고 싶습니다. 그럴 수만 있다면 '바위를 꽃으로 만드는 힘'을 지닌 나비의 행복이 나의 행복이 되고 이웃에게도 팔랑팔랑, 행복의 비결을 눈짓할 수 있지 않을까요.

모든 걸 알면
모든 걸 용서할 수 있을 것을

<모든 걸 알면 모든 걸 용서할 수 있을 것을>_닉스 워터맨

내가 그대를 알고, 그대가 나를 안다면,
우리 둘 다 성스러운 마음의 눈으로
서로의 가슴에 품은 생각의 의미를
분명히 볼 수만 있다면,
진정 그대와 나의 차이는 줄어들고
정답게 서로의 손을 맞잡을 수 있을 것을.
장미가 송이마다 가시를 품고 있듯이
인생에도 숱한 걱정이 숨어 있는 법.
내가 그대를 알고 그대가 나를 안다면
모든 것의 참 이유를 마음으로 볼 수 있을 텐데.

30대 초반, 기독교 잡지를 편집하던 시절의 일입니다. 잡지에 게재된 글 하나가 독재정권을 신랄하게 비판했는데, 그 글이 기어이 필화筆禍 사건을 불러일으킨 것입니다. 나는 그 글을 편집한 책임 때문에 정보기관에 끌려가 고초를 겪고 끝내 해직당하고 말았습니다. 생전 처음 당하는 모욕이었고, 마음 깊이 크나큰 상처가 되었습니다. 졸지에 일터를 잃고 낙향한 나는 몸과 마음의 상처를 스스로 달랠 수밖에 없었지요. 한동안 불의한 독재정권을 용서할 수 없었고, 그 하수인들조차 용서할 수 없었습니다.

　몇 년의 세월이 흘렀습니다. 흘러온 날들을 반추하던 중 내 인생에 가혹한 고통을 안긴 정권을 용서할 수 있을 것 같았습니다. 인간을 짐승처럼 다룬 불의는 용서할 수 없지만, 그것을 저지른 사람은 용서할 수 있었습니다. 산골로 들어가 창작을 하고 목회활동을 하는 동안 내 안에 자존감이 생겼던 걸까요. 그들이 안겨준 고통이 없었다면 오늘의 내가 존재할 수 있을까 하는 생각이 들었던 것입니다. 그 무렵에 적어놓은 일기의 한 토막을 열어봅니다.

　하느님, 그들을 용서할 수 있는 힘을 주셔서 감사합니다. 당신의 오묘한 섭리와 제 자신의 삶을 깊이 이해하지 못했다면, 아마도 용서할 수 없었겠지요. 이처럼 삶의 신비를 담아낼 수 있는 넉넉한 마음을 허락하신 것도 당신의 크나큰 은총임을 고백합니다.

돌이켜보면 그 사건을 통해 내 마음 그릇을 조금 더 넓힐수 있었던 것 같습니다. 마음 그릇의 크기에 따라 우주를 담을 수도 있고, 티끌만 한 남의 허물도 담아내지 못할 수도 있습니다. 누군가를 용서하려면 자기의 마음 그릇을 키워야 합니다. 너의 허물을 고치고 내 좁은 마음 그릇에 들어오라고하는 것은 진정한 용서가 아닙니다. 신학자 폴 틸리히는 그래서 '용서는 용납하는 것'이라고 했지요. 타인이 내게 저지른 죄나 허물을 따지지 않고 있는 그대로 받아들이는 것. 그힘은 타인을 이해하는 데서 나옵니다.

닉슨 워터맨의 시는 우리에게 그것을 일깨워줍니다.

내가 그대를 알고, 그대가 나를 안다면, / 우리 둘 다 성스러운마음의 눈으로 / 서로의 가슴에 품은 생각의 의미를 / 분명히 볼수만 있다면, / 진정 그대와 나의 차이는 줄어들고 / 정답게 서로의 손을 맞잡을 수 있을 것을.

그래, 그럴 수만 있다면 우리는 타인을 품어낼 수 있는 듬쑥한 존재가 될 수 있습니다. 내게는 어머니가 바로 그런 분이셨지요. 일찍 청상靑孀이 된 어머니는 홀로 농사를 지어 내대학등록금을 대주셨습니다. 어느 해였던가 그렇게 어렵사리 보내주신 등록금을 흥청망청 탕진한 적이 있었습니다. 어머니는 내게 아무 말씀도 하지 않으셨습니다. 속으로는 다 알고 계셨지만 시시콜콜 내 잘못을 따지지도 않으셨지요. 그냥 무조건 나를 받아들여주셨습니다. 당시 어머니의 속마음을 다 헤아리지는 못했지만, 어머니는 그런 나를 깊이 이해해주셨을 것입니다. '용서'는 예수의 가르침에서도 매우 중요한 키워드입니다.

예수가 예루살렘 성전에 들어가 사람들을 가르치고 있을 때 종교학자와 바리새인들이 간음하다가 현장에서 붙잡힌 여자를 끌고 왔습니다. 그들은 예수를 함정에 빠뜨리고자 하는 의도로 예수에게 물었습니다.

"선생님, 이 여자가 간음하다가 현장에서 잡혔습니다. 모세는 율법에 이런 자들을 돌로 치라고 했습니다. 선생님은 뭐라고 하시겠습니까?"

예수는 그들의 의뭉스러운 마음을 간파하고 지혜롭게 대답했습니다.

"너희 가운데 죄 없는 사람이 먼저 돌로 쳐라."

사람들이 예수의 이 말을 듣고는 하나둘씩 차례로 자리를 떴습니다. 그 여자만 홀로 남자, 예수가 여자에게 말했습니다.

"여자여, 사람들이 어디 있느냐?"

"아무도 없습니다."

"나도 너를 정죄하지 않겠다. 네 갈 길을 가라."

율법은 사람을 정죄하고 돌을 들어 치라지만, 예수는 관용으로 허물을 덮어주고 사람을 살립니다. 율법은 정죄의 핏내를 풍기지만, 용서는 찢긴 상처조차 아물게 합니다. 용서는 영혼을 살리는 치료제이고, 나를 살리고 타인을 살리는 영약입니다. 비판과 단죄의 칼날보다 용서의 빛이 우리의 삶을 환하게 밝혀줍니다.

모름지기 용서는 '고개를 끄떡여주는' 일입니다. 내 생명의 주인이신 하느님, 그분은 자주 내게 고개를 끄덕여주셨습니다. 어둠에서 어둠으로 질퍽거리며 헤맬 때도 고개를 끄떡여주셨고, 거룩한 광휘가 이미 내 안에 빛나고 있음을 모르는 까막눈일 때도 고개를 끄떡여주셨습니다. 언젠가 그분과 둘이 아님을 깨달았던 첫 순간의 황홀한 전율, 첫사랑, 첫눈 같은 기쁨을 망각하고 살 때도 고개를 끄떡여주셨고, 저 가없는 하늘을 나는 새들처럼 덜 갖고 더 많이 존재하라는 그분의 천둥 같은 음성을 듣고도 못 들은 척 외면하며 살았을 때도 고개를 끄떡여주셨습니다. 괜찮다고, 괜찮다고.

하느님은 그런 분입니다. '비록 어머니가 자식을 잊는다 하여도, 나는 절대로 너를 잊지 않겠다. 내가 네 이름을 내 손바닥에 새기겠다.'(사 49: 15-16)고 말씀하실 정도의 지극한 사랑으로 우리를 품어주시는 분입니다. 오, 놀랍고 고마워라. 우리의 이름이 '하느님의 손바닥'에 새겨져 있다니! 그렇다면 당신의 손을 펴보실 때마다 하느님은 우리를 사랑의 눈길로 지켜보신다는 말 아닙니까.

그런 과분한 사랑을 받고도 아직 용서하지 못하는 사람이 있습니다. 용서한다는 첫 마디를 뗴기가 그렇게 어렵습니다. 내가 만일 용기를 내어 그를 용서한다면, 그건 내가 용서하는 것이 아닐 것입니다. 그리스도에게 용납받은 경험이 있는 바울이 '이제는 내가 사는 것이 아닙니다. 그리스도께서 내 안에 사시는 것입니다'(갈 2:20)라고 했듯이, '이제는 내가 용서하는 것이 아닙니다. 하느님께서 나를 통해 용서하시는 것입니다'라고 고백하게 될 것입니다. 용서의 목적은 결국 너와 나 사이를 가로지른 높은 담을 헐고 하나가 되는 것입니다. 어느 시인이 사랑에 대해 '우주를 하나로 묶는 아교'라고 노래했듯 사랑의 다른 이름인 용서야말로 하느님과 사람, 사람과 사람을 하나로 묶어주는 아교입니다.

불완전한 것이야말로
우리의 낙원

우리는 풀잎에서,
한 방울의 이슬에서,
아이들 눈동자에서,
꽃잎 한 장에서
신을 보라고 권하는
시나 노래를 들은 적이 있을 것이네.
이제 나는 그런 말을 들으면
그것은 너무 쉽다고 말하네.
우리에게 더 어려운 것은
고통받는 어린이의 눈동자만이 아니라
고통 자체에서 신을 보는 것이네.

해질녘 레드힐 위에 펼쳐진
진홍빛 노을에 대해 신에게 감사하게.
하지만 그 구름을 보는 동안
얼굴에서 모기떼를 쫓아야 하는 것에 대해서도
신에게 감사하게.

부러진 뼈와 찢어진 가슴에 대해,
우리의 인간다움의 신비를 알려주는 모든 것에 대해
신에게 감사하게.

남편과 말다툼한 것 때문에 부아가 난 채
싱크대 앞에 서서 구정물에 손을 담그고 있는데,
   뒤에서는 아이들이 당신의 관심을 끌기 위해 떠들어대고,
   라디오는 보스니아에서 날아온 나쁜 소식을 전하고
있을 때,
   '신은 지금 여기 이 방에, 이 구정물에,
   이 더러운 숟가락 속에 계신다'고 말하기는 쉽지 않네.

꽃과 햇빛과 폭포에 대해 나에게 말하지 말게.
   지금 여기는 평범하고 불완전한 곳이네.
   삶의 성취를 뿌리는 땅은 바로 이곳이네.

불완전한 것이야말로 우리의 낙원이라네.

인간의 삶을 온새미로 긍정하는 이 시를 읽고 나면 한결 마음이 편안해집니다. 힘들고 고통스런 일이 생길 때면 나는 종종 이 시를 찾아서 소리 내어 읽곤 하지요. 자주 읽다 보니 마지막 두 연은 외워버렸습니다.

꽃과 햇빛과 폭포에 대해 나에게 말하지 말게. / 지금 여기는 평범하고 불완전한 곳이네. / 삶의 성취를 뿌리는 땅은 바로 이곳이네. // 불완전한 것이야말로 우리의 낙원이라네.

이처럼 평범하고 불완전한 내 삶의 자리를 낙원으로 긍정하도록 해주는 구절은 언제나 무릎을 치게 만듭니다. 시인은 도대체 어떤 사람일까요. 나는 시인의 생체험이 담긴《소멸의 아름다움Learning to fall》이란 에세이집을 뒤적여 보았습니다. 시인은 불치의 병으로 알려진 루게릭병으로 시한부 인생을 살고 있습니다. 그는 콧물을 닦기 위해 뽑아든 휴지 한 장조차 들기 힘들고, 어린 아들이 사다준 아이스크림을 손에 드는 것조차 고통스러운 사람입니다. 그러나 균형을 못 잡아 비틀비틀 걸어가면서도 '그래도 아직 걸을 수 있다는 것이 얼마나 큰 축복이냐?'고 말하는 넉넉한 여유를 지닌 사람입니다.

그렇지만 시인을 생각하면 가슴이 아픕니다. '그래도……얼마나 축복이냐?' 하고 말하는 존재의 긍정이 아프고, 그럼에도 여전히 삶의 고통을 고스란히 떠안은 몸부림이 아픕니다. 그러면서도 마음이 약하고 의지가 박약한 나 같은 사람은 생의 고통조차 달관한 시인의 긍정이 경이롭기만 합니다. 이런 긍정의 힘은 어디에서 비롯되는 걸까요.

시인은 '그동안 내게 분에 넘치는 복을 주신 분이 고통인들 주시지 않으랴'라고 했던 구약성서 속 욥을 닮았습니다. 까닭 없는 고통 앞에서 나는 욥처럼 이렇게 말할 자신이 없습니다. 복과 화, 기쁨과 고통을 모두 받아들이는 것은 결코 쉬운 일이 아닙니다. 신심이 깊지 않으면 불가능한 일이지요. 우리는 대체로 빛과 선과 아름다움과 행운이 찾아들 때만 신이 함께한다고 여기지 않던가요. 하지만 시인은 그것은 '너무 쉽다'고 말합니다.

행운의 여신이 복주머니를 들고 찾아올 때, 세상만사가 척척 잘 풀릴 때 신을 발견하고 신을 찬양하는 일은 얼마나 쉽습니까. 시인은 그래서 고통받는 어린이의 눈동자만이 아니라 고통 자체에서 신을 볼 수 있어야 하며, 해질녘 레드힐 위에 펼쳐진 진홍빛 노을에 대해 신에게 감사할 뿐만 아니라 얼굴에서 모기떼를 쫓아야 하는 것에 대해서도, 부러진 뼈와 찢어진 가슴에 대해, 우리의 인간다움의 신비를 알려주는 모든 것에 대해서도 신에게 감사하라고 충고합니다. 이것은 시인이 세상을 문젯거리로 보지 않을 뿐만 아니라 고통의 신비에 마음을 열어두었기 때문입니다. 고통의 신비라는 말이 맘에 들지 않으면 삶의 신비, 혹은 신의 뜻이라고 불러도 좋습니다. 우리가 겪는 일들을 문젯거리로 보면 매사에 불평과 원망이 일어나지만 삶의 신비를 향해 마음을 열면 어둠과 악과 고통과 죽음에도 신이 살아계심을 알게 됩니다.

시인 자신의 고통의 초상화이면서 통째로 신에 대한 사랑을 노래하는 이 시는 삶의 부분만 보지 말고 전체를 보라고 일러줍니다. 달의 밝은 면만 아니라 달의 어두운 면도 볼 수 있어야 한다고, 꽃과 햇빛과 폭포에 계신 신만 아니라 구정물에 손 담그고 있는 아낙의 손과 더러운 숟가락 속에 계신 신도 볼 수 있어야 한다고! 현대의 위대한 영성가인 조이스럽 수녀도 영혼의 성숙을 위해서 반드시 어둠이 필요하다고 말합니다.

우리가 인생길을 가는 데는 반드시 빛이 필요한 것처럼 어두움도 필요하다. 아마도 인생의 고난과 힘겨운 싸움을 겪은 사람들만이 인생의 진리, 즉 빛의 행로行路뿐만 아니라 어두움의 행로도 거쳐야만 인생이 성숙하고 변화하게 된다는 역설적 진리를 충분히 이해하고 받아들일 수 있을 것이다.

이것이 바로 삶을 통째로 받아들이는 성숙한 삶의 태도입니다. 시인이 우리가 할 수 없는 일의 신비 속에서도 풍요롭게 사는 법을 배워야 한다고 말하는 까닭입니다. 거대한 벽을 마주한 것처럼 막막한 삶을 푸는 은빛 열쇠가 바로 여기에 있습니다. 피할 수 없는 고통을 피하지 않으면서 온몸으로 신을 사랑하는 이 구도자 시인이 우리에게 쥐여준 열쇠는 바로 균형 잡힌 삶입니다. 생명체가 들숨과 날숨의 균형을 이루었을 때 건강하듯, 한낮에는 태양에 고마워하고 캄캄한 밤에는 달과 별들을 노래하는 삶 말입니다. 그때 우리는 '불완전한 것이야말로 낙원'이라고 노래할 수 있을 것입니다.

어머니가 아들에게

〈어머니가 아들에게〉_랭스턴 휴즈

아들아, 내 말 좀 들어보렴.
내 인생은 수정으로 만든 계단이 아니었단다.
계단엔 압정도 떨어져 있고
나무 가시들과
부러진 널빤지 조각들,
카펫이 깔리지 않은 곳도 많은
맨바닥이었단다.
그러나 쉬지도 않고
열심히 올라왔다.
층계참에 다다르면
모퉁이 돌아가며
때때로 불도 없이 깜깜한
어둠 속을 갔다.
그러니 아들아, 절대 돌아서지 말아라.
사는 게 좀 어렵다고
계단에 주저앉지 말아라.
여기서 넘어지지 말아라.

아들아, 난 지금 올라가고 있단다.

아직도 올라가고 있단다.

내 인생은 수정으로 만든 계단이 아니었는데도.

우리가 사는 세상엔 여전히 숱한 차별이 존재합니다. 미국의 시인 랭스턴 휴즈는 흑인이었습니다. 백인 중심의 사회에서 흑인으로서의 삶이 얼마나 힘들었을까요. 〈어머니가 아들에게〉라는 시의 제목으로 볼 때, 이 시는 흑인으로 고통스러운 삶을 견뎌온 어머니가 어린 아들 휴즈에게 들려준 이야기였는지도 모릅니다. '내 인생은 수정으로 만든 계단이 아니었단다'라는 표현에서 피부색으로 인한 고통이 시인 모자를 얼마나 괴롭혔을지 미루어 짐작할 수 있습니다.

군이 피부색이 아니더라도 모든 인간에게는 저마다 피할 수 없는 고통이 있습니다. 오죽하면 옛 사람들이 인생을 고해苦海라 불렀겠습니까. 하지만 이 시는 단지 우리 인생이 고해라는 사실을 일깨우기 위해 쓰여진 것은 아닙니다. 우리의 생이 '수정으로 만든' 아름다운 계단이 아님에도 그 계단을 묵묵히 참고 올라야 한다는 것. 가시에 찔리고 불빛도 없는 깜깜한 어둠 속을 걸어가야 할지라도 주저앉거나 포기하지 말라는 것. 우리가 겪는 고통과 시련에는 우리가 헤아릴 수 없는 조물주의 깊은 뜻이 숨어 있을지도 모르기 때문입니다.

아들아, 절대 돌아서지 말아라. / 사는 게 좀 어렵다고 / 계단에 주저앉지 말아라. / 여기서 넘어지지 말아라. / 아들아, 난 지금 올라가고 있단다. / 아직도 올라가고 있단다. / 내 인생은 수정으로 만든 계단이 아니었는데도.

지난날을 돌이켜보면, 내 인생도 수정으로 만든 계단은 아니었습니다. 가파른 생을 참고 또 참으며 올랐습니다. 그렇게 지나온 생의 고비마다 나와 함께하시는 하느님의 손길을 느끼곤 했습니다. 모든 것이 원만하게 잘 돌아갈 때보다 하루살이가 막막하고 인간관계도 파탄이 나고 하느님에 대한 신앙조차 위기에 직면했을 때 오히려 내 영혼을 어루만지시는 하느님의 위로와 격려를 경험할 수 있었습니다. 그럴 때면 참을 인忍 자가 얼마나 소중한 글자인가를 가슴에 아로새기곤 했지요. 지금도 내일을 생각하면 오늘의 삶이 불안해지고 궁窮함을 느끼는 순간이 있습니다. 신기한 것은 정말로 거대한 벽을 마주한 것처럼 궁할 때마다 통通하는 일이 생긴다는 것입니다. 우리가 사는 존재의 숲을 하느님이 산책하시기 때문일까요.

라이너 마리아 릴케는 〈젊은 시인에게 보내는 편지〉에서 우리가 겪는 삶의 문제에 대해 당장 해답을 구하지 말라고 충고합니다.

그대 마음에서 풀리지 않는 것들에 대해 오래 참기를 나는 진심을 다해 바란다. 그대에게 주어지지 않는 답을 찾으려 하지 말라. 중요한 것은 모든 것을 살아보는 일이며, 지금 그 문제에 살라. 그러면 언젠가 먼 미래에 그대 자신도 알지 못하는 사이에 삶이 그대에게 해답을 가져다줄 테니까.

시인의 충고처럼 삶은 헤아릴 수 없는 신비로 가득 차 있습니다. 삶의 신비 앞에 우리 가슴을 열어둘 필요가 있습니다. 가슴이 돌처럼 닫힌 사람에게는 삶이 문제투성이이지만 가슴이 활짝 열린 사람에게는 삶이 무한한 신비이기 때문입니다. 하나의 문이 닫히면 다른 문이 열리기도 하지 않던가요. 바울 성인은 숱한 박해로 고통받는 고린도에 있는 교우들에게 보낸 편지에서 '사랑은 오래 참는 것'이라고 격려합니다. 하느님의 풍성한 사랑에 눈 뜬 사람은 오래 참고 기다릴 줄 압니다. 그런 사람은 자기의 삶을 하느님이 베푼 잔치로 여기며, 시련과 역경의 폭풍이 몰아닥치더라도 낙천적인 마음을 잃지 않습니다.

보석 중의 보석인 우리 자신의 영혼을 돌보는 일에 있어서도 인내는 필수입니다. 들판에 자라는 식물이 꽃을 피우고 열매를 맺기 위해 한여름의 땡볕과 거센 폭풍을 견디듯, 우리의 영혼이 탱글탱글 여물기 위해서는 시련과 고통의 파도를 참고 헤쳐나갈 줄 알아야 합니다. 생의 완성을 위해 가장 빨리 달리는 말馬은 고통이라 하지 않던가요. 히브리의 지혜자도 말합니다.

도가니는 은을, 화덕은 금을 단련하지만, 주께서는 사람의 마음을 단련하신다.(잠언 17: 3)

문득 창밖의 겨울나무를 내다봅니다. 훌훌 옷을 다 벗어버린 알몸으로 의연히 서 있습니다. 한겨울 추위를 견디면서 푸른 새 움을 품고 있는 나무들, 기어이 연둣빛 봄을 불러내고야 말 것입니다. 무릇 견딤은 척박한 대지를 일구며 '이른 비와 늦은 비가 땅에 내리기까지 오래 참으면서 땅의 귀한 소출을 기다리는'(약 5: 7) 늙은 농부의 모습처럼 강인한 내면과 부드러운 얼굴을 빚어내지 않던가요. 하지만 가혹한 시련을 견디지 못하고 하느님께 불평을 토로할 때도 있습니다. 그럴 때면 하느님이 우리를 단련하시어 순금 같은 존재로 만들고 싶어하신다는 것을 기억하려고 애씁니다. 원석이 다이아몬드가 되려면 뾰족한 정을 맞아야 하고 금덩이가 왕관이 되려면 불을 통과해야 하듯이 말입니다.

짧은 노래

〈짧은 노래〉_에밀리 디킨슨

한 가슴에 난 상처를 치료해줄 수 있다면
난 헛되이 산 것이 아니리라.
한 인생의 아픔을 달래줄 수 있다면
한 고통을 위로할 수 있다면
기운을 잃은 개똥지빠귀 한 마리를
둥지에 데려다 줄 수 있다면
난 헛되이 산 것이 아니리라.

숲길을 걸으며 만나는 숱한 나무들, 오늘도 저마다 상처가 아문 자리를 내보이며 서 있습니다. 상처 입고 상처 주고 상처가 아물다 보면 한 생이 지나가는 법. 상처는 삶의 운명이니 살아 있다는 건 결국 서로 상처를 주고받는다는 의미인지도 모릅니다. "상처 없는 혼이 어디 있으랴!" 시인 랭보의 이 탄식은 상처를 피할 수 없는 인간의 삶에 대한 깊은 통찰입니다.

그나마 몸에 난 상처는 언젠가는 아물고 잊히지만 마음을 헤집고 간 상처는 세월이 흘러도 좀처럼 나을 줄 모릅니다. '한 가슴에 난 상처를 치료해줄 수 있다면 / 난 헛되이 산 것이 아니리라.' 대학 시절, 디킨슨의 이 시를 읽고 감명을 받아서일까요. 고통받는 이들의 환부를 어루만지고 보듬어 안는 것이 나의 소명이라고 믿으며 살던 날들이 있었습니다. 시인으로서, 또 목회자로서 상처를 안고 찾아오는 이들을 환대하자고 스스로 다짐하며, 나만의 시안詩眼으로 타인의 상처를 보고, 아픔 가운데 있는 이들을 내 살붙이처럼 받아들이려 애쓴 적이 있습니다. 하지만 이제 와 생각하면 꼭 그렇지도 못했던 것 같습니다. 남의 상처를 어루만져준다면서 더 큰 상처를 남기진 않았는지, 상처를 봉합해준다며 오히려 소금을 뿌린 적은 없었는지 문득 돌아봅니다.

생각해보면, 내 코가 석자가 되어 괴로워하던 날이 더 많았는지도 모릅니다. 그럴 때면 제 몸에서 흐르는 송진으로 제 환부를 치료하는 소나무처럼 먼저 내 상처 속으로 들어가 스스로 돌보아야 했습니다. 하지만 신비롭기도 하지. 그렇게 나 자신을 치유하면서 오히려 다른 이의 상처와 고통에 다가갈 지혜와 힘을 얻을 수 있었습니다.

여호수아 벤 레비라는 이름의 랍비가 어느 동굴 입구에 서 있는 엘리야를 찾아가서 물었습니다.

"메시아는 언제 오십니까?"

엘리야가 대답했습니다.

"가서 그분에게 물어보시오."

랍비가 놀란 표정으로 다시 물었습니다.

"아니, 그분이 어디 계십니까?"

"성문에 앉아 계십니다."

"그런데 제가 그분을 어떻게 알아볼 수 있겠습니까?"

"그분은 상처투성이의 가난한 사람들 가운데 앉아 계십니다. 다른 사람들은 자신들의 상처에 감은 붕대를 한꺼번에 전부 풀었다가 또다시 감고 있지요. 그러나 그분은 '아마 내가 필요하게 될지도 몰라. 그럴 때 지체하지 않도록 항상 준비하고 있어야지' 하면서 자신의 상처에 감은 붕대를 하나씩 풀었다가는 다시 감고 계십니다."

하버드대학 교수였던 헨리 나우웬이 쓴 《상처 입은 치유자》에 나오는 의미심장한 이야기입니다. 그렇구나! 남을 돌보는 사람이야말로 상처받은 사람이구나. 자기 상처를 돌보면서 고통에 대한 이해가 깊고 넓어지는 것이구나. 타인의 상처를 보듬어 안을 수 있는 자비의 원천은 놀랍게도 자기 상처에서 나오는구나. 감탄하며 무릎을 친 기억이 납니다. 성서에서 쓰이는 구원salvation이라는 말은 '치유하다' 혹은 '온전케 하다'라는 어원에서 비롯되었다고 합니다. 우리의 병든 몸과 마음의 치유를 경험하는 것이 구원인 것입니다. 위대한 '영혼의 의사' 예수는 구원이 곧 치유임을 자신의 삶을 통해 또렷이 보여주었습니다.

"나는 건강한 사람을 위해서 오지 않고 병든 사람들을 고쳐주려고 왔다."

복음서에는 예수를 통해 치유받은 사람들의 이야기로 가득합니다. 어쩌면 그의 손은 어린 자식의 아픈 배를 쓸어주는 어머니의 약손과 같았는지도 모릅니다. 소경, 벙어리, 귀머거리, 한센병자, 악귀 들린 자 등 숱한 환자들을 괴로움의 사슬에서 풀려나게 했으니까요. 그러나 그가 진정 위대한 까닭은 다른 데에 있습니다. 동족에게마저 따돌림을 당하는 이들을 자비의 눈길로 보듬어 안았고, 율법의 돌팔매질을 당하는 죄인의 죄를 묻지 않고 암탉처럼 너그러운 품을 벌려 안아주었으며, 허기진 영혼들을 둥근 밥상으로 초대하여 함께 밥을 나눈 것입니다. 치유의 손길, 치유의 품, 치유의 밥상을 베푼 것이지요.

세상이 쌓아놓은 두터운 벽도 예수의 숨결이 닿으면 흐물흐물 녹아내렸습니다. 그에게는 마음의 장벽이 없어 타인의 아픔을 자기의 아픔으로 받아들이는 놀라운 감수성이 있었습니다. 치유의 기적은 사랑의 들불이 되어 지구별 곳곳으로 번져나갔지요. 이 들불에 점화된 영혼은, 타인의 상처와 아픔에서 하느님의 상처와 아픔을 느끼기도 하나 봅니다. 성 프란체스코의 고백을 들어볼까요.

"인간의 마음은 작지 않으며 하느님이 그 속에 들어오실 수 있습니다. 그러니까 우리는 우리 마음이 상처를 입지 않도록 조심해야 합니다. 하느님을 해치게 될 수 있으니까요!"

젊었을 때는 이런 신비를 이해할 수 없었습니다. 인간의 마음이 상처를 입으면 그 안에 거하시는 하느님도 상처를 입고 아파하신다니. 이 무슨 강아지 풀 뜯어먹는 것 같은 소리인가? 하지만 지금은 그 놀라운 생명의 원리를 조금은 이해할 뿐만 아니라, 경이로운 우주의 선물로 기꺼이 받아들이고 있습니다.

시인도 이런 우주의 신비를 체험한 것일까요. 여린 시인의 마음은 작은 생명들의 아픔조차 자기 자신의 아픔처럼 꿀꺽 삼킵니다. 진정한 사랑은 그런 것입니다. 도무지 다른 이유가 없지요. "누군가를 사랑한다는 것은 그 사람이 살게끔 하는 것愛之, 欲其生"이라는 공자님 말씀처럼. 무릇 살아 있는 만물 가운데 하찮은 것은 없습니다. 시인의 말처럼 '기운을 잃은 개똥지빠귀 한 마리' 그 둥지로 데려다 줄 수 있다면, 우리는 헛되이 산 것이 아닌 것이지요. 세상에 태어나서 살아 있는 것들에게 살아갈 기운을 북돋워주고, 살아서 겪는 온갖 아픔을 덜어줄 수 있다면!

부엌을 기리는 노래

<부엌을 기리는 노래>_정현종

여자들의 권력의 원천인
부엌이여
이타利他의 샘이여,
사람 살리는 자리 거기이니
밥하는 자리의 공기여
몸을 드높이는 노동
보이는 세계를 위한 성단聖壇이니
보이지 않는 세계의 향기인들
어찌 생선 비린내를 떠나 피어나리오.

내가 십수년 동안 시를 써 오면서 지금까지 붙들고 있는 화두 가운데 하나는 '일상의 성화聖化'입니다. 이 화두에 집중하게 된 것은 내가 하는 일[司祭職]과 무관하지 않습니다. 일상의 성화란, 밥을 먹고 노동을 하고 이웃과 사귐을 갖는 등 삶의 모든 순간 속에서 신성의 임재를 깨닫고 살아감을 지향하는 일이지요.

정현종의 〈부엌을 기리는 노래〉는 바로 이런 점에 대해 깊이 성찰하게 만드는 시입니다. 시인은 하찮게 넘겨버릴 수 있는 일상의 공간에서 값진 보물을 캐내어 보여줍니다. 그가 의도했건 의도하지 않았건, 인간의 일상적 행위 속에 감춰진 신성의 눈부신 빛이 시 속에 드러나 있습니다. 이 시는 부엌에 대한 우리의 편향된 인식을 전복하고 새로운 눈길로 부엌이라는 공간을 바라보도록 해줍니다.

여자들의 권력의 원천인 / 부엌이여 / 이타利他의 샘이여, / 사람 살리는 자리 거기이니 / 밥하는 자리의 공기여

시인의 눈에 비친 부엌, 그 공간은 생명의 에너지를 공급하는 장소입니다. 그래서 시인은 부엌을 '권력의 원천'이라고 표현하지요. 부엌이 '권력의 원천'이라니? 이 때 권력은 흔히 타인을 지배하고 통제하고 괴롭히는 그런 힘을 말하는 것이 아닙니다. 그 권력은 말하자면, 사랑의 권력이고 부드

러움의 권력이죠. 다시 말하면, 생명의 힘을 공급하는 에너지의 원천이라는 말입니다. 그래서 부엌은, '이타他의 샘'이며, '사람 살리는 자리'가 되는 것입니다.

이처럼 소중한 자리인 부엌은, 그러나 대개 후미진 곳에 있습니다. 시인들에게도 부엌과 같은 공간은 크게 주목받지 못해 왔지요. 요즘은 많이 달라지기는 했지만, 대개 남성들은 부엌에 들어가기조차 꺼립니다. 그로 인해 부엌일을 맡아서 하는 여자를 폄하한, '부엌데기' 같은 말이 생겨나기도 했습니다.

시인은 부엌에 대한 이런 잘못된 인식을 전복시킵니다. 오랫동안 사람들의 뇌리에 틀 지워진 고정관념이 깨지는 것이지요.

몸을 드높이는 노동 / 보이는 세계를 위한 성단聖壇이니

부엌일은 '부엌데기'가 하는 천박한 노동이 아니라 '몸을 드높이는 노동'으로 칭송됩니다. 아무리 해도 표시가 잘 나지 않는 것이 부엌일이 아니던가요. 그야말로 '광光' 나지 않는 노동이지요. 해도 해도 끝이 없는 부엌일. 하지만 시인의 눈동자에 비친 부엌은 몸을 '드높이는' 자리랍니다. 엎드리고 구부려 낮은 자세로 하는 그 노동이 사람의 '몸'을 드높인다는 것이지요.

사람의 몸은 '신의 영이 거하시는 성전'(바울로)입니다. 그렇게 귀한 사람의 몸을 드높이기 위해 부엌은 존재하는 것입니다. 세상이 바뀌어 돈만 되면 어떤 직업도 각광을 받게 되었지만, 돈과 무관한 부엌일은 여전히 허드렛일로 치부되고 있지 않던가요.

시인은 이러한 인식을 뒤집습니다. 하찮게 여겨지는 공간, 하찮게 여겨지는 부엌일에 성스러운 관冠을 씌워줍니다. '보이는 세계를 위한 성단聖壇'이란 표현이 곧 그것이죠. 지금까지 나는 부엌을 이렇게까지 드높인 표현을 읽어보지 못했습니다. 밥솥과 온갖 그릇들과 설거지대와 가스렌지와 냉장고와 이런저런 반찬 냄새들이 비릿비릿 고여 있는 부엌, 그 공간을 시인은 신성이 깃든 성소聖所로 보고 있는 것입니다. 몸을 드높이기 위해 몸을 한껏 낮춰 쉴새없이 움직이는 숨겨진 그 공간은 그것 자체로, 성스런 제단이라는 것입니다.

하늘과 땅과 사람의 수고가 깃들여 생겨진 낟알과 채소와 과일과 고기 따위를 가지고 밥과 빵과 반찬을 빚어 '사람을 살리는' 노동이 있는 자리이니, 그곳이 어찌 성스런 제단이 아니겠습니까.

그리하여 이제 시인은 그 낮은 부엌 공간이 뿜어내는 향기를 찬미합니다.

보이지 않는 세계의 향기인들 / 어찌 생선 비린내를 떠나 피어

나리오

부엌에는 온갖 냄새가 비릿비릿 버무려져 있습니다. 부엌
에서 피어나는 냄새를 좋다고 할 사람은 별로 없을 것입니
다. 그러나 시인은 '생선 비린내' 조차 향기롭다고 우깁니다.
왜냐하면 부엌의 냄새는 '이타의 샘'에서 솟는 냄새이며 '사
람을 살리'고 '몸을 드높이는 노동'에서 피어나는 냄새이기
때문입니다. 그래서 시인은 '보이지 않는 세계의 향기'도 생
선 비린내를 떠나서는 피어나지 못한다고 역설하고 있는 것
입니다.

시인을 일컬어 '혁명의 눈을 가진 자'(우파니샤드)라고 한
다던가요. 사물의 보이지 않는 속내를 꿰뚫어 본다고 해서
그렇게 말하는 것입니다.

사람의 모듬살이와 떼려야 뗄 수 없는 소중한 공간인 부엌
을 새롭게 바라보게 해준 시인의 시선을 통해서, 우리가 사
는 일상의 시간에서 순간마다 '새순이 돋는' 거듭남의 기쁨
을 누리고, 우리가 머무는 처소를 '성소'로 가꿔갈 수 있다
면 우리의 삶이 얼마나 풍성해지겠습니까.

|

상쾌해진 뒤에 길을 떠나라

그대가 불행의 기억에 사로잡혀 있을 때
그대의 삶이 타인에 대한 불평과 원망으로 가득할 때
아직 길을 떠나지 말라

그대의 존재가
이루지 못한 욕망의 진흙탕일 때
불면으로 잠 못 이루는 그대의 밤이
사랑의 그믐일 때
아직 길을 떠나지 말라

쓰디쓴 기억에서 벗어나
까닭 없는 기쁨이 속에서 샘솟을 때
불평과 원망이 마른 풀처럼 잠들었을 때
신발 끈을 매고 길 떠날 준비를 하라

생에 대한 온갖 바람이 바람인 듯 사라지고
욕망을 여읜 순결한 사랑이
아침노을처럼 곱게 피어오를 때

단 한 벌의 신발과 지팡이만 지니고도
새처럼 몸이 가벼울 때
맑은 하늘이 내리시는 상쾌한 기운이
그대의 온몸을 감쌀 때

그대의 길을 떠나라
_고진하

여명이 동터오면 나의 하루도 동틉니다. '신비의 샘'인 하루. 창문에 어리는 새벽빛을 응시하며 소망해봅니다. 하루가 꽃처럼 활짝 피어나기를. 숱한 기억의 짐 말끔히 털고 하룻길 위로 휘파람 불며 걸어갈 수 있기를. 푸른 하늘로 가볍게 솟구치며 지저귀는 종달새처럼 해맑은 노래 앞세워 길 떠날 수 있기를.

하지만 우리 앞에 봄날의 오솔길처럼 호젓하고 평탄한 길만 놓인 것은 아닙니다. 돌부리가 발끝에 채이거나 온통 엉겅퀴와 가시덤불로 덮인 길을 지나면 질퍽거리는 웅덩이가 앞길을 가로막기도 하지요. 그럴 때면 에움길을 찾아내기도

하지만 어느 길에든 장애물은 도사리고 있습니다. 켈트족 그리스도인들은 이런 시를 남겼습니다.

신이여, 나의 새로운 하루를 축복하소서. 전에는 결코 나에게 주지 않았던 하루를. 그것은 당신 자신의 존재를 축복하는 일과도 같습니다. _존 오도나휴, 《영혼의 동반자》

그들은 아침에 눈 뜨는 것 자체를 신의 선물로 여깁니다. 하루를 신의 선물로 이해하며 시작하는 마음속에 나태와 오만함 같은 것은 있을 수 없습니다. 오히려 고마움과 찬양하고 싶은 마음이 있을 뿐. 푹푹 한숨 쉴 일이 있어도 그것을 기도의 심호흡으로 바꾸고, 지난날 어리석음의 마음 밭에 뿌릴 하늘 지혜의 씨앗을 갈망하겠지요. 이처럼 하루를 신성한 공간으로 받아들일 때, 우리의 하루는 창조가 이루어지는 아름다운 공간이 됩니다.

그러나 우리 삶은 어떤가요. 가슴이 원치 않는, 마지못해 무엇에 끌려가는 순간들로 점철될 때가 많습니다. 이때 우리가 일하며 살아가는 공간은 새장으로 변하고 맙니다. 새장에 갇힌 새를 생각해보세요. 얼마나 가련합니까. 자유로움과 자발성을 박탈당한 채 전적으로 타의에 의해 살아간다면, 그것은 곧 새장에 갇힌 새의 신세에 다름 아니지요. 이때 우리에게 신바람 나는 창조는 일어날 수 없습니다. 생의 젊음과 에너지의 소진만 있을 뿐. 그렇게 흘려보내는 나날은 영혼의 탈진을 일으켜 우리 삶을 쭉정이로 만들고 말겠지요.

'아, 짜증나. 이건 아닌데. 이건 내가 바라던 생이 아닌데. 뭔가 다르게 살고 싶은데……'

이렇게 불평하면서도 우리는 쉽사리 자기를 가둔 새장을 벗어나지 못합니다. 물질의 풍요로움 속에서 우리 삶은 오히려 팍팍해져 버렸기 때문입니다. 마음에 드는 직장을 얻는 건 하늘의 별 따기만큼이나 어렵고, 기본적인 생계를 꾸려가는 일조차 힘들기 때문이지요. 하지만 우리가 이런 일차원적 현실에만 묶여 있다면 끊임없이 산꼭대기로 바위를 밀어 올리는 형벌을 받은 시시포스의 운명을 벗어날 수 없습니다. 일차원적 현실 너머를 볼 수 있는 새로운 눈이 필요한 것도 그래서입니다. 좁은 새장에 갇힌 눈, 불행의 기억에 사로잡힌 눈, 타인에 대한 불평과 원망만 가득한 눈으로는 새로운 삶을 열 수 없기 때문입니다.

우리에게는 다른 창이 필요합니다. 그것은 우리가 삶을 신비와 경이로움으로 이해하고, 무한한 가능성의 창을 통해 미래를 바라보는 일입니다. 그러기 위해서 삶과 세계에 대한 고정관념을 깨뜨릴 수 있어야 하겠지요. 빛 한 오라기 들지 않는 동굴에 사는 눈먼 생물들처럼 세상을 바라보는 우리의 부정적 시각을 바꿀 수 있어야 하겠지요. 세상이 어두운 것은 남의 탓만 하고 내 삶을 아름답게 가꾸려 노력하지 않는 내 탓이기도 하다는 것을 깨달아야 하겠지요. '그대의 밤이 사랑의 그믐일 때 아직 길을 떠나지 말라' 그렇습니다. 내 존재가 '사랑의 그믐'이면 내가 몸담은 세상도 캄캄한 그믐일 수밖에 없으니까요.

우리 속에 이런 어여쁜 자각이 동틀 때 잠시 발걸음을 멈추고 내면을 깊이 들여다보십시오. 위대한 수도승 마이스터 엑카르트가 말한 것처럼 '안에 있는 것으로 움직이는 것이 생명'이기 때문입니다. 내 안에 삶의 여정을 지속해 나갈 만한 에너지가 충일한가요? 내가 하는 모든 일에서 기쁨과 보람을 느끼고 있나요? 내가 만나는 사람들과 욕심 없는 마음으로 따스한 눈길을 나누며 사나요?

쓰디쓴 기억에서 벗어나 / 까닭 없는 기쁨이 속에서 샘솟을 때 / …… / 생에 대한 온갖 바람이 바람인 듯 사라지고 / 욕망을 여읜 순결한 사랑이 / 아침노을처럼 곱게 피어오를 때

바로 이때, 다시 여로에 올라도 늦지 않습니다. 내면에 넉넉한 에너지가 비축되어 샘처럼 솟아나기 때문입니다. 그러나 이때도 염두에 두어야 할 것은 지나치게 타인과 경쟁하는 마음입니다. 경쟁, 곧 다투는 마음은 우리를 무서운 속도전으로 내몹니다. 너무 서두르거나 빨리 움직이면 우리는 삶의 안정을 잃어버리고, 우리의 영적 성장은 멈추고 맙니다. 아

프리카를 탐험한 한 남자의 이야기는 그것을 잘 보여줍니다.

남자는 정글을 지나 여정을 서두르고 있었습니다. 그에게는
짐꾼 서너 명이 함께 걷고 있었습니다. 아프리카 토박이들이었
지요. 그들은 사흘 동안 쉬지 않고 걸어갔습니다. 그런데 사흘
째 되던 날, 이 토박이들은 털썩 주저앉아 움직이려 하지 않았습
니다. 그 남자는 아프리카인들에게 서둘러줄 것을 설득하려 했
지만, 아무 소용이 없었습니다. 마침내 그들에게 움직이지 않으
려 하는 이유를 말해보라고 다그치자, 그들 중의 한 사람이 대답
했습니다.

"우리는 이곳까지 너무 빨리 달려왔습니다. 이제 우리 영혼이
우리를 따라올 시간을 주기 위해 기다려야만 합니다."

이야기가 주는 교훈은 너무나 분명합니다. 분주한 생활에
끄달리다 보면, 자기 영혼을 돌보는 일을 놓칠 수 있다는 것
입니다. 바로 이때 우리는 모든 일을 잠시 내려놓고, 그동안
무시했던 우리 자신과 다시 만나야 합니다. 생각과 몸 사이
에 생긴 괴리를 무시하고 길을 나서면 실족하기 십상이기 때
문입니다. 우리 자신과 만나야 한다는 것은 '잊힌 신비'와 다
시 가까워지는 정말 소중한 일입니다.

잊힌 신비, 곧 우리 존재의 원천이신 하느님과 만날 때, 우
리는 길 나설 힘을 얻을 수 있으니 말입니다. 우리 영혼의 스

승 예수도 그렇게 하신 흔적을 뚜렷이 보여주고 있지 않습니까. 수많은 무리와 함께 있다가도 홀연 무리를 빠져나와 홀로 산에 들어가곤 하셨지요. 그때 산은 당신이 하느님을 독대할 성소였겠지요. 그런 깊은 독대 속에서 한 방울 이슬에 새벽빛이 스미어 영롱하게 반짝이듯 자신의 숨결 속에 스미는 하느님의 현존을 생생하게 느끼실 수 있었겠지요. 하느님의 생생한 현존은 그분이 새로운 하루를 열어갈 생동하는 기운이었을 것입니다.

오늘 우리도 홀로 그분과 대면할 마음의 성소를 마련해야겠습니다. 마음의 성소에 고요히 똬리를 틀고 기도나 명상을 통해 생명의 원천이신 분과 만날 때, 우리는 야생의 짐승들처럼 근육에 힘을 얻어 활기찬 삶을 시작할 수 있을 것입니다. 그리고 발걸음을 떼어 하룻길을 힘차게 떠날 수 있을 것입니다. '맑은 하늘이 내리시는 상쾌한 기운'을 몸에 두르고, 새처럼 가볍게.

Poems, Jesus's reading to us